अनिल यादव

घुमन्तू लेखक एवं पत्रकार। जड़ें गाज़ीपुर उत्तर प्रदेश ज़िले के दौलतपुर गाँव में।

नगरवधुएँ अख़बार नहीं पढ़तीं (कहानी-संग्रह)। *वह भी कोई देस है महराज* (यात्रा-वृत्तान्त), *सोनम गुप्ता बेवफ़ा नहीं है* (पत्रकारीय लेखों का संग्रह)

ढेरों सम्मान और पुरस्कार। गौसेवक कहानी को 'हंस' कथा सम्मान (2019) मिला।

ईमेल : anilekhak@gmail.com

अनिल यादव

गौसेवक

राजकमल पेपरबैक्स

राजकमल पेपरबैक्स में
पहला संस्करण : 2020
दूसरा संस्करण : 2024

राजकमल पेपरबैक्स : उत्कृष्ट साहित्य के जनसुलभ संस्करण

राजकमल प्रकाशन प्रा.लि.
1-बी, नेताजी सुभाष मार्ग, दरियागंज
नई दिल्ली-110 002
द्वारा प्रकाशित

शाखाएँ : अशोक राजपथ, साइंस कॉलेज के सामने, पटना-800 006
पहली मंजिल, दरबारी बिल्डिंग, महात्मा गांधी मार्ग, प्रयागराज-211 001
1, अनमोल सोराबजी संतुक लेन, धोबी तलाव, मरीन लाइंस, मुम्बई-400 002
वेबसाइट : www.rajkamalprakashan.com
ई-मेल : info@rajkamalprakashan.com

विकास कंप्यूटर एंड प्रिंटर्स
ट्रॉनिका सिटी-201 102
द्वारा मुद्रित

मूल्य : ₹ 199

GAUSEVAK
Long Story by Anil Yadav

ISBN : 978-93-89598-18-6

अम्मा और पापा के लिए

प्रस्तावना

कविता और उपन्यास की युगपत साधना का नमूना

आलोचकों के बीच यह किंवदंती एक ज़माने से चली आ रही है कि कविता और उपन्यास के आगे कहानी की क्या औक़ात! बारीक़ी और संश्लेष को अपने सर्वोत्तम रूप में पाना हो तो कविता के पास जाइए, युग-जीवन का वैविध्य और धारणा-क्षमता का वैभव देखना हो उपन्यास के पास जाइए। बीच में ये कहानी क्या बेचती है, जनाब!

क्या बेचती है के अनेक उत्तर सम्भव हैं, ऐसे उत्तर जो साबित करते हों कि कहानी के पास भी बेचने के लिए अपना कुछ अनोखा है और उसकी भी साधना कहीं से आसान नहीं—इसी कोशिश में 'छोटा मुँह बड़ी बात' और 'पिंड में ब्रह्मांड' जैसे सूत्र कहानी पर लागू किए गए—पर पिछले तीन दशकों में ऐसी कहानियों की संख्या बढ़ी है जो बताती हैं कि कविता और उपन्यास की (धोखे से) पेटेंट कराई हुई पूर्वोक्त विशेषताओं को भी कहानी एक साथ साध सकती है। यानी कहानी होने भर से कोई रचना 'स्वल्प क्षमता' के लिए अभिशप्त नहीं हो जाती। उसकी क्षमता संरचना के मुख़्तलिफ़ पहलुओं के इस्तेमाल पर निर्भर है।

'गौसेवक' ऐसी ही एक कहानी है। नक्सल प्रभावित एक आदिवासी इलाक़े में विकास का मिथ, नक्सलियों और पुलिस-प्रशासन के बीच

पिसते आदिवासी, लगातार मौत को अपने सामने देखते नाउम्मीद जीवन का अवसरवाद जो गौरक्षा की राजनीति करने वाली एक पार्टी के लिए बहुत उर्वर ज़मीन तैयार करता है, और इन सबके बीच गाय की तस्करी करने वाले एक गौसेवक आदिवासी नेता का टिकट पाने का जुगाड़—कहानी जैसे एक छिपी हुई अँधेरी दुनिया का दरवाज़ा आपके लिए खोल देती है। एक रिपोर्टर के बहाने खुले हुए इस दरवाज़े में घुसकर आप जो-जो चीज़ें देखते हैं, उनके बारे में मुझे 'हंस' के कार्यक्रम में चकित तालीवादक इब्बार रब्बी की बार-बार कही गई बात याद आती है, 'इस कहानी में क्या नहीं है!' आदिवासी जीवन के संकटों का बयान करने वाली मुद्रा से अनछुई यह कहानी संकटों के गतिविज्ञान में आपको गहरे ले जाती है, और मज़ा यह कि जाते हुए आपको लेखक के शोध/तजुर्बे से आतंकित/प्रभावित होने की याद भी नहीं रहती! आपको याद बस इतना रहता है कि आप धामा चेरो नामक एक गौसेवक आदिवासी नेता की कहानी सुन रहे हैं जिसने कई और गोरखधन्धों के साथ-साथ गौ तस्करी से अच्छी कमाई की है और जो पिछली बार विफल रहने के बाद इस बार टिकट पाने के लिए कृतसंकल्प है। कहानी खुलते-खुलते आपको पता चलता है कि टिकट पाने के लिए धामा चेरो और सारी अर्हताएँ पूरी करता है, बस एक को पूरा करना बाक़ी है—उसे गौ तस्करी के आरोप में किसी मुसलमान को फाँसकर मरवाना है। कहानी के आख़िरी हिस्से में इसका भी जुगाड़ हो गया है, पर अन्ततः कामयाबी नहीं मिलती। गोल जालीदार टोपी वाले जिस लड़के को अपनी गौशाला में पाँच हज़ार रुपये की नौकरी का लालच देकर धामा चेरो उठा लाया है, वह रामलीला देख रहे एक मजमे की बातें सुनकर मामला समझ जाता है और गौसेवक की गाड़ी से निकल भागता है। दूर खड़ी भीड़ उस भागते हुए मुसलमान लड़के का उत्साह बढ़ाती है और अन्ततः दुखी धामा चेरो रिपोर्टर के साथ ख़ाली हाथ अपने घर लौटता है जहाँ अपने आलीशान रहन-सहन

की तारीफ़ सुनकर मायूसी से कहता है, 'च्च! जंगल में मोर नाचा किसने देखा!' इस आख़िरी वाक्य की ध्वनि पूरी कहानी की देह में गूँज जाती है—जंगल में क्या-क्या नहीं हुआ, किसने देखा!

यह सारांश सिर्फ़ उनके लिए है जो पुराने पढ़त अभ्यास के कारण इल्ज़ाम की शक्ल में यह प्रश्न उछलने वाले हों कि इस कहानी में कहानी कहाँ है! उनके लिए कहानी की कथा (इवेंट्स+एक्सिस्टेंट्स) के प्रक्रिया-पक्ष और परिणति-पक्ष का मेरा वर्गीकरण उपयोगी हो सकता है। पीछे जो सुनाया गया, वह परिणति-पक्ष है—एक अन्तिम नतीजे में जाकर मिलता स्थूल घटना-विकास, यानी 'क्या हुआ'। पर इसके अलावा कथा का एक सुविस्तृत प्रक्रिया-पक्ष भी कहानी में है जो उस आदिवासी जीवन के संकटों से आपको रू-ब-रू कराता है। प्रक्रिया-पक्ष का विस्तार और उसके माध्यम से समय की जटिलताओं में प्रवेश पिछले तीन दशकों की हिन्दी कहानी में आया एक विशिष्ट संरचनात्मक विकास है। अगर आप इस विकास के प्रति सजग और सहज नहीं हैं तो आज की 'प्रतिनिधि' कहानियों की सराहना करने में आपको मुश्किल पेश आएगी। आप परिणति-पक्ष को अलग करके देख नहीं पाएँगे और कहानीकार से यह शिकायत कर बैठेंगे कि इस कहानी में कहानी कहाँ है।

अनिल यादव की बारीक़ निगाह और कथाभाषा उनकी ख़ास पहचान है। वे चीज़ों को जिस तरह देखते हैं, उसमें निगाहें हर अवगुंठन को पार कर जाती हैं और 'दृश्य' के भीतर का 'अदृश्य' दिखने लगता है। 'एक हिन्दू पार्टी का वेलवेट से बना हुआ गदराया झंडा' में 'गदराया', अदृश्य को दृश्य बनाने वाला विशेषण है। यहाँ प्लास्टिक 'ग़रीबी का सबसे क़रीबी रिश्तेदार' है; बाज़ार में प्लास्टिक के सामानों के नीचे 'कनस्तरों में रखे खली, चोकर, दालें, गुड़, तम्बाकू, नमक के ढेले भी अक्तूबर की चटक धूप में प्लास्टिक के बने' लगते हैं; बरसों से रुकी बाँध-परियोजना के वर्कशॉप, वॉच टावर, स्टोर, दफ़्तर और कॉलोनियाँ

‘बहुत पहले हुए किसी युद्ध के अवशेष’ की तरह दीखते हैं; एक खेलते ‘बच्चे के आसपास उफनती प्रसन्न ऊर्जा’ से भरे अहाते को देखकर ‘ग़रीबी के गोपनीय सौन्दर्य के बारे में दो-चार बातें करने का मन करता’ है; नक्सलियों के हरकारे का काम करने वाले ‘लड़कों के शराब से दीप्त चेहरों पर विनम्र सलोनापन’ है और वे अपनी कारगुज़ारियों का बखान सुनकर ऐसे शरमा रहे हैं ‘जैसे उनके कड़ियल बाप ने पहली बार किसी अजनबी के सामने उनके होनहार होने की चुगली कर दी हो’; हरियाली और जीव-जन्तुओं से गुलज़ार ‘डैम की साइट ध्वस्त और उजाड़ होने का सदमा कब का भूल चुकी’ है; ‘लताओं से ढके बिजली के खम्भे पेड़ों की नक़ल करने वाले बहुरुपिये बन गए’ हैं।... इस कहानीकार का देखना हमारे देखने को अपूर्व रूप में समृद्ध करता है।

इसी देखने से इस कहानीकार की ख़ास अपनी कथाभाषा जन्मी है। हिन्दी के युवा/लगभग युवा कथाकारों में सम्भवतः अनिल यादव ही हैं जिन्हें, अब, कथाभाषा से पहचाना जा सकता है। यह उन्होंने क्रमशः अर्जित की है और ‘गौसेवक’ में यह अपनी पकी हुई पहचान के साथ है।

यहाँ से इस कहानीकार का वह दौर शुरू होता है जब कहानी के साथ उसका नाम न भी छपे तो कहानी के हर वाक्य में उसकी छाप पढ़ी जा सकेगी।

नई दिल्ली
दिसम्बर, 2019

—संजीव कुमार

1

कैमूर की पहाड़ियों में उनकी मुलाकात सरपत की झाड़ियों के बीच एक सँकरे, कच्चे रास्ते पर हुई जो अन्ततः दुनिया के सभी रास्तों से जा मिलता था। उसने मिलाने के लिए हाथ बढ़ाया तभी जानवरों के खुर बजने लगे। उसने कहा, 'एक मिनट रुकिए, गौवंश आ रहा है' और नमस्कार करने लिए झुक गया।

दोनों के बीच ठठरी गाय और बैल सतर्कता से पीठें ताने, आक्रामक साँसें छोड़ते हुए एक-एक कर गुजर रहे थे। हवा व्याकुल हुई, वातावरण में काफी तनाव भर गया। उसके गले से लटकता लम्बा गेरुआ गमछा धूल में लिथड़ रहा था। वह नए परिचय की मुस्कान सँभाले हुए कत्थई गॉगल के पीछे उभरी मटमैली आँखों से लगातार उसे देखे जा रहा था। बड़े जानवरों के बाद जब रास्ते के किनारे की छोटी झाड़ियों की पत्तियाँ नोचतीं, झुंड से छिटकी बकरियाँ गुजरने लगीं तब वह सीधा हो गया। सबसे पीछे गोद में बच्चा लिये एक लड़की थी जिसके बाल धूप के रंग की बान की रस्सी के एक टुकड़े से बँधे हुए थे।

वह विरोधाभासों के बीच रहने का इतना आदी हो चला था कि उसका ध्यान चारों ओर फैली सघन हरियाली के बीच जानवरों के उपेक्षित होने की ओर नहीं गया। अगर वह अखबार के रिपोर्टर के बजाय एक किसान या चरवाहा होता तो यह जरूर सोचता कि अच्छी बरसात के

बाद हर तरफ फैले चारे के बीच भी ये जानवर सूखे हुए क्यों हैं।

काफी बड़ा झुंड था जिसमें से कुछ गायों ने सींगें हिलाकर दूर रहने की चेतावनी दी लेकिन वह हाथ जोड़े झुका रहा। यह उसका रोज का काम था। अन्ततः दो बकरे बचे जो उसके गिर्द सिर तानकर उछलते हुए हवा में इठला रहे थे। उसने फुर्सत पाकर कहा, "हम यहाँ के ग्राम प्रधान हुए। हमारा नाम धर्मराज चेरो है, लोग गौसेवक भी कहते हैं। एमएलए का चुनाव लड़ चुके हैं।"

एक बदहवास औरत भागती हुई आई। वह पैरों में गिलट की पायल पहने हुए थी जो लगातार बजे जा रही थी। उसने लड़की की गोद से बच्चे को छीन लिया और जमीन पर लिटाकर उसका मुँह खोलकर देखने लगी। बच्चा डरकर रोने लगा तो उसने उसे वहीं लिटा दिया और झपटकर लड़की को थप्पड़ से मारने लगी, "रंडी, उसको दिन-रात कोरां में कसे रहती है। पहले नहीं बताना चाहिए था!"

बच्चे का पहला दाँत ऊपर के जबड़े में आया था जो भारी अपशकुन था। अब उसको बचपन में ही मर जाना था।

लड़की बच्चे को छोड़कर, ऐंठे हुए कन्धे से अपना एक कान दबाए जानवरों के पीछे चली गई। धर्मराज ने गमछे को उछालकर गरदन में लपेटते हुए कहा, "चलिए, आपको डैम दिखाकर लाते हैं।"

रिपोर्टर अब नाममात्र के आदिवासी रह गए इस इलाके की सबसे बड़ी नदी पर आधी शताब्दी से बन रहे बाँध पर स्टोरी करने काफी दूर के शहर से आया था, लगे हाथ नक्सलियों पर भी जानकारी बटोरनी थी ताकि अगली वारदात हो तो उसका इस्तेमाल किया जा सके। तीन साल पहले, नक्सलियों ने नदी के उस पार बारूदी सुरंग से पुलिस का एक ट्रक उड़ा दिया था, तेरह जवान मारे गए थे, उसे बहुत अफसोस हुआ था क्योंकि अपनी उपयोगिता साबित करने के लिए तब उसके पास नया कुछ नहीं था।

बाँध बड़े जतन से सिंचाई विभाग औंर पुल बनाने वाले मंत्रालय की फाइलों में नौकरशाह धीरे-धीरे बना रहे थे लेकिन नदी किनारे के गाँवों में समय इतना अलसाया नहीं रहता था। चुनाव करीब आने पर विपक्षी राजनीतिक पार्टियाँ शोर मचाने लगतीं तब बड़े अफसरों के दौरे होते, कुछ पुराने ठेकेदार बरसात में बह गई मिट्टी को ट्रकों से वापस लाकर पुरानी जगहों पर डालने लगते। हाइड्रोलिक सिस्टम वाली जेसीबी मशीनों की घरघराहट और आदिवासियों के ब्लड प्रेशर के बीच सीधा सम्बन्ध था। काम शुरू होते ही वाजिब मुआवजे की माँग के लिए प्रदर्शन और करीब से गुजरने वाले हाईवे पर चक्का जाम शुरू हो जाता। जेसीबी के ड्राइवरों और कंस्ट्रक्शन कम्पनी के चौकीदारों को मार-पीटकर भगा दिया जाता था।

पचास साल पहले जब उनके खेत बाँध बनाने के लिए, सरकार ने लिये थे तब रेट बहुत कम था। अफसरों ने आम, महुआ और सागौन के पेड़ों का दाम छह रुपया प्रति पेड़ लगाया था। बीच में इतना समय बीता कि आदिवासी किसान दोबारा अपने खेत जोतने लगे और अब जमीन के काफी बढ़े हुए दाम के हिसाब से मुआवजा लिये बिना हटने को तैयार नहीं थे। अफसरों ने लम्बी जाँच-पड़ताल के बाद नतीजा निकाला था कि इस बीच के समस्याग्रस्त समय में प्रोजेक्ट की लागत काफी ज्यादा बढ़ चुकी है लिहाजा आदिवासियों को नई दरों से मुआवजा देने का आर्थिक बोझ सरकार नहीं उठा सकती। किसानों को मालूम था कि जमीन सरकारी हो चुकी है लेकिन उसका दाम जितना चढ़ रहा था वह उतनी ही ज्यादा अपनी लग रही थी।

एक हफ्ता पहले पुलिस ने बाँध की साइट पर प्रदर्शन कर रही भीड़ पर गोली चलाई थी जिसमें एक आदिवासी की मौत हो गई थी। दूर के कस्बों और शहरों गें गोलीकांड से अधिक इस बात की चर्चा थी कि उस आदमी के मरने के बाद से नदी के पानी का रंग बदलकर

लाल हो गया और अधिगृहीत की गई जमीनों पर खड़े सभी आम के पेड़ एक हफ्ते में सूखकर ठूँठ हो गए हैं। रिपोर्टर को नदी के कोप और पेड़ों के दुख की सच्चाई का पता लगाने भेजा गया था। उसने संजोग लगती मुलाकात की योजना पर गौर किया और मृत्यु के बाद वाली जगहों पर अक्सर गुमराह किए जाने के पुराने अनुभवों से पैदा हुए सन्देह से धर्मराज चेरो को देखते हुए कहा, "आप तकलीफ न करें, मैं खुद चला जाऊँगा।"

धर्मराज चेरो ने रास्ता काटते हुए उसके करीब आकर हाथ जोड़े, "सर, आप हमारे मेहमान हैं। आपको एक-एक चीज दिखाएँगे। सब कागज हमारे पास हैं। बाँध तो हमारे बाप-दादों के समय से बन रहा है और नाती-पोतों के समय तक बनता रहेगा।"

"नदी के पानी का रंग सच में बदल गया है?"

"इसी का बाप मरा है सर, उसके परिवार को खबर कर दी है, आप से मिलवाएँगे तब असली कहानी जानिएगा," उसने बच्चे की तरफ इशारा किया जो धूल में लेटा हुआ, हथेलियों से आँखें ढके सुबक रहा था।

उसने सरपत के फूलों से लचकती झाड़ियों के पीछे छिपी एक सफेद रंग की एमयूवी की ओर बढ़ते हुए कहा, "आइए बैठिए, आप ही के अखबार में पढ़ा था, इसका शरीर जीप का है लेकिन आत्मा कार की है।"

गाड़ी के बोनट पर गाय के मूत्र में सोना होने का दावा करने वाली एक हिन्दू पार्टी का वेलवेट से बना हुआ गदराया झंडा लगा था और बम्पर के ऊपर पीतल के अक्षरों में उसके पार्टी की प्रदेश कार्यकारिणी का सदस्य होने का गम्भीर ऐलान करती चौड़ी नेमप्लेट थी। रास्ते पर धूल उड़ रही थी लेकिन दूर तक फैले धान के खेतों में नमी थी जहाँ बगुले घात लगाए बैठे थे। हवा बन्द थी। चढ़ती धूप में खेतों के ऊपर उठती अदृश्य भाप से हल्की घुटन महसूस हो रही थी। धामा चेरो ने गाड़ी के

शीशे चढ़ाकर एसी चला दिया, भगवा गमछे से चमकती सीट को साफ करते हुए कहा, "कैसा गाना सुनिएगा, देशी या विदेशी?"

"सीट तो साफ है फिर काहे...?", रिपोर्टर ने छलकते आतिथ्य के असर को काटने के लिए उसके गॉगल में झाँककर हँसते हुए कहा।

वह हल्का सा झेंपा, "गाड़ी-घोड़ा का भी अपना नखरा होता है न सर!"

कीमती परफ्यूम की महक नाक में गई तो उसने जरा हैरानी से धामा चेरो को गाड़ी चलाते हुए देखा। उसके गदबदे हाथों की मोटी उँगलियों में आठ अँगूठियाँ थीं, पान के दाग वाले सिल्क के कुर्ते के बटन से सोने की मोटी चेन उलझी हुई थी, मांसल कानों में सोना था। घने, सख्त बालों से ढका सिर और पेट शरीर के अनुपात में काफी बड़े थे जिससे वह अधिक उम्र का लग रहा था लेकिन उसकी आबनूसी त्वचा की चमक चुगली कर रही थी कि वह हद से हद तीस-बत्तीस साल का होगा। लगभग उसी की उम्र का। मोटे कत्थई होंठों के ऊपर औसत से तीन गुना ज्यादा हवा खींचने वाली नाक थी जो गालों की चौड़ी हड्डियों समेत गॉगल से ढकी हुई थी। गाड़ी की पिछली सीट पर एक पुरानी दुनाली बन्दूक पड़ी हुई थी। इस व्यक्तित्व के आसपास की क्या चीज हो सकती है! उसे शहर के ट्रैफिक में हफ्ते के आखिरी दिन दिखने वाले सरसों के चिकने तेल में डूबे लोहे के शनीचर की आकृति का खयाल आया जिस पर टन्न की आवाज के साथ सिक्के गिरते थे।

गाड़ी एक छोटे-से बाजार में पहुँची तो ड्राइविंग सीट पर एक सलोना-सा लड़का आ गया। धामा पीछे चला गया जहाँ तीन लड़के एक बड़ा बोरा लाद रहे थे। एक लड़के ने धर्मभीरु किस्म के कारीगर की प्रार्थना के भाव से बन्दूक को तीन बार छूकर कन्धे से लटका लिया। उसने बोरे में से एक ठंडी बोतल निकालकर देते हुए कहा, "सर, पानी पीते रहिए, घाम बहुत है।"

बाजार में आदमियों और साइकिलों को छोड़कर हर चीज गरीबी के सबसे करीबी रिश्तेदार, प्लास्टिक की बनी थी। अँधेरी कोठरियों में छिपी, गलती ईंटों वाली दुकानों के आगे चप्पलें, साड़ियाँ, बच्चों के कपड़े, चटाइयाँ, चोलियाँ, रिबन लटक रहे थे जिनके नीचे कनस्तरों में रखे खली, चोकर, दालें, गुड़, तम्बाकू, नमक के ढेले भी अक्तूबर की चटक धूप में प्लास्टिक के बने लग रहे थे। हलवाइयों के यहाँ मिठाइयों की जगह रंगीन पत्थर रखे थे जिन पर हड्डे और मक्खियाँ, मोबाइल में गाने भरने वाले खोखों से उठते फूहड़ भोजपुरी गानों की धमाकेदार धुनों पर थिरक रहे थे। ग्राहकों की आँखों में ठग लिये जाने से पहले की सनसनी महसूस की जा सकती थी।

सड़क के बीच में एक गड्ढा था जिसमें कत्थे के रंग के कीचड़ में एक अलसाया भैंसा आराम कर रहा था। आदिवासी उससे बचते हुए कन्धे पर बाँस की बहँगियों में बँधे प्लास्टिक के कंटेनरों से दुकानों में पानी पहुँचा रहे थे। एक अधनंगा लड़का टिटकारी मारते हुए आया और उसने चाय की पत्ती से भरा कनस्तर सड़क पर खाली कर दिया। भैंसे ने अपनी अधमुँदी आँखें खोली, एक लम्बी साँस छोड़कर उठा और खाने लगा। ड्राइवर ने कहा, "सर, रोज यह नशेड़ी रोड जाम करता है, जब तक चायपत्ती न मिल जाए यहाँ से हिलता नहीं।"

2

नदी से दो किलोमीटर के दायरे में खँडहर हो चुकी इमारतें थीं। जंगल के बीच, बहुत पहले हुए किसी युद्ध के अवशेष की तरह वर्कशॉप, वॉच टॉवर, स्टोर, दफ्तर और कॉलोनियाँ फैले हुए थे। नदी की धार में तीन अधबने पिलर थे जो पानी पर छाई हल्की धुंध में मछली पकड़ने के लिए खड़े ध्यानमग्न मछुआरों की तरह लग रहे थे। अधबने बंधे पर ताजा मिट्टी डाली गई थी।

कुछ दूर पर आम के ठूँठ पेड़ों के बीच पुटुस की झाड़ियों से घिरा शहीद स्मारक था जहाँ एक कतार में लाल कपड़ों से ढके, घुटनों जितने ऊँचे, ईंटों के सात चबूतरे थे। हर एक पर चिकने पत्थर की एक पट्टी लगी हुई थी और कनेर के कुम्हलाए फूल पड़े थे। घास में धँसे अगरबत्ती के अधजले ठूँठों से उदास गन्ध उठ रही थी। पिछले तीस साल में छह आदमी पुलिस की गोली से मारे गए थे और एक औरत की मौत कलक्टर के दफ्तर के सामने आमरण अनशन के दौरान हुई थी। रिपोर्टर ने ऊब के साथ पाया कि जब तक सरकार शहीद न मान ले स्मारक मृतकों के जीवन जितने ही साधारण और क्षणभंगुर होते हैं। उसने सबसे नये चबूतरे को छूते हुए कहा, "लेकिन नदी का पानी तो वैसा ही है!"

धामा चेरो ने उसे ऐसे देखा जैसे वह कोई बच्चा हो, "हमेशा थोड़े रहता है। पानी में आत्मा है जो रूप बदलता है, जुलाई में शहीद दिवस

के दिन आकर देखिएगा, पूरे पन्द्रह दिन लालमलाल रहता है।"

गाड़ी चलाने वाले लड़के विकास ने दो ईंटे लाकर धामा चेरो को दिखाते हुए सबसे नई वेदी की बगल में पटकीं। वह हँसते हुए और ईंटे लाने के लिए बंधे की ओर जाने लगा जैसे आठवीं वेदी बनाने जा रहा हो।

"तुम्हारा फिर दिमाग खराब होने लगा," धामा ने हैरानी से कहा।

"काहे!" उसने बातों से खेले जाने वाले खेल में जीतने की तत्परता से कमर पर हाथ रखते हुए पूछा।

"ग्रामसभा की मीटिंग में प्रस्ताव पास होगा तब न होगा कि तुम्हारे ईंटा रखने से कोई शहीद हो जाएगा।"

वह कुछ देर असमंजस में खड़ा रहा फिर सिर झुकाकर वापस लौट आया।

बंधे पर पड़ी नई मिट्टी के दूहों के बीच से लटियाये, लम्बे बालों वाला एक आदमी कन्धे पर रेडियो रखे प्रकट हुआ। उसकी एक आँख में माड़ा था, गर्दन में एक घिसी हुई कंठी के ऊपर कई तरह की मालाएँ पड़ी थीं और हड़ीले बदन पर कपड़े के नाम पर एक गमछा था। उसके कान के पास बैटरियाँ दिखाई दे रही थीं जिन्हें रबड़ के छल्ले लगाकर गिरने से रोका गया था। रेडियो से लगातार एक व्यर्थ की खरखराहट उठ रही थी जिसके भीतर घुटी हुई बेशुमार आवाजें छिपी थीं। इस खरखराहट का जो अर्थ था वही उसके जीवन का भी था। वह जीवन के बेचैन संगीत से वंचित होकर कहीं मर न जाए शायद इसीलिए हमेशा रेडियो साथ लिये रहता था। कन्धे पर बन्दूक टाँगे लड़के ने आगे बढ़कर चहकते हुए कहा, "जब कुछ सुनाई नहीं पड़ता तो क्यों बैटरी जलाते रहते हो?"

वह उसे खराब आँख से देखते हुए धामा चेरो के सामने जाकर खड़ा हो गया, "अरे, कुछ हमारी भी खेती-पाती होगी कि हमारे बाल-बच्चे मर जाएँ?"

उपहास से धामा का चेहरा चमक उठा, "खेती दो तरह की होती

है, एक बाजा वाली और एक टी.वी. वाली! आप किस विधि से करेंगे?"

लड़के हँसने लगे।

वह उनकी ओर घूमा, "तीन साल से दौड़ रहे हैं, एक जवान बैल मिल जाता तो किसी के साझे में जोत लेते। मेरी हैसियत तुम लोगों की तरह प्रधान का ट्रैक्टर चलवाने की तो है नहीं।"

यह आदमी बैगा था जो झाड़-फूँक करता था। आजकल एक प्राइमरी स्कूल में रह रहा था जहाँ बच्चों को पचरा गाना, नजर उतारना, बलि देना, भूत हाँकना और बान मारना सिखाता था। लोकतंत्र के कई संजोगों के कारण उस स्कूल की सरकारी इमारत में वाचिक परम्परा से लोकविद्या का पुराना पाठ्यक्रम पढ़ाया जा रहा था। इसी काम से उसका गुजारा होता था।

नक्सली एरिया होने के कारण कोई टीचर यहाँ आने को तैयार नहीं होता था लिहाजा अधिकांश स्कूल बन्द पड़े थे। नक्सली चाहते थे स्कूल चलें लेकिन इस जंगली इलाके में उनकी उपस्थिति ऐसा बहाना थी जिस पर शिक्षा विभाग में ऊपर से नीचे तक सहमति थी कि यहाँ के बच्चों को शिक्षा नहीं दी जानी चाहिए। पाँच साल पहले कुछ अध्यापकों ने अपनी तनख्वाह का एक छोटा हिस्सा देकर लोकल लड़के-लड़कियों को तैनात किया था, जिनका काम रजिस्टर भरना और बच्चों को दिन भर स्कूल में बिठाए रखना था लेकिन यह व्यवस्था चल नहीं पाई क्योंकि जल्दी ही किसान उन स्कूलों के क्लास रूमों में बरसात के दिनों में अनाज-भूसा रखने और जाड़े में जानवर बाँधने लगे। जिस बहाने से अध्यापक यहाँ नहीं आते थे उसी बिना पर जाँच-पड़ताल करने वाले अफसर भी इधर का रुख नहीं करते थे। बिरले होली-दीवाली के अन्तराल पर कोई प्रिंसिपल हवाखोरी करते हुए इधर आ निकलता था। वह आदिवासियों की महुआ-मुर्गा खातिरदारी से अभिभूत होकर कहता, उसे अफसोस है कि विपरीत परिस्थितियों के कारण वह उनके बच्चों को नहीं पढ़ा पा रहा है लेकिन

भगवान चाहेगा तो उनके बच्चों के बच्चे जरूर शिक्षा का वरदान पाएँगे।

धामा चेरो के बाप और इस बैगा ने एक ही अखाड़े में झाड़-फूँक करना सीखा था। दोनों पट्टीदार थे। उसने बैगा को थाने से दो बैल दिलाए थे जिन्हें उसने बेच दिया जैसा कि बहुत से लोग किया करते थे। धामा के पास बैलों की कोई कमी नहीं थी लेकिन वह तीन साल पहले कुछ पैसों के लालच में प्रधानी के चुनाव में विपक्षी उम्मीदवार के साथ हो गया था तब से उसकी खेती-बारी ठप थी। इससे भी बड़ी समस्या यह थी कि उसे महुआ, ताड़ी, गाँजा किसी भी मादक चीज से नशा होना बन्द हो गया था। उसने कई बैगाओं से सलाह की जिनका कहना था कि वह अनजाने में सिद्धपुरुख हो गया होगा जिससे ऐसा होने लगा होगा, लेकिन खुद उसका मानना था कि धामा से लगातार डरते रहने के कारण उसका मन अपने से ही नाराज रहने लगा है। खुद को धिक्कारते मन पर नशे का असर न होने के कारण उसका समय बहुत धीमे और मुश्किल से बीतता था।

धामा चेरो ने गमछे से अपना गॉगल साफ कर गालों की चौड़ी हड्डियों पर जमाते हुए कहा, "आपके परिवार का वोट सोने का है, हमको मिलेगा नहीं। आपका लड़का हीरा है, मोटरसाइकिल से उतरकर पैदल चलेगा नहीं। आप खुद पारस पत्थर हैं, गाँव के किसी काम में आएँगे नहीं। मुआवजे के लिए इतना बड़ा आन्दोलन चल रहा है और आपको बाजा से ही फुरसत नहीं...यहाँ से अभी हटिए, देख रहे हैं, बाहर से ये बहुत बड़े पत्रकार आए हैं, अभी हम इनकी सेवा में लगे हैं।"

वह जिस इत्मीनान से गर्दन हिलाते हुए सुन रहा था, जाहिर था कि उन दोनों के बीच अक्सर ऐसी बातचीत होती रहती है। बैगा कुछ देर कौवे की तरह धामा और लड़कों को सिर घुमाकर बारी-बारी से देखता रहा, अचानक सबसे पुरानी वेदी पर अपना रेडियो फेंककर तेजी से वापस चला गया।

इस अनहोनी से सभी चुप हो गए। सन्नाटे का वजन महसूस होने लगा। बैगा ने जिन्दगी में पहली बार अपना रेडियो फेंक दिया था जिससे वह दिन-रात चिपका रहता था। इस आदमी ने अपने बच्चों को भी रेडियो जितने दिनों तक गोद में नहीं उठाया था। वह जैसे धनुष की तरह लचकता हुआ गया था, कहना मुश्किल था कि उसने वेदी पर चढ़ावा चढ़ाया है या कोई निर्णायक कदम उठाने जा रहा है। अचानक रेडियो बजने लगा। आर्केस्ट्रा के सभी वाद्ययंत्रों की स्पष्ट आवाज के साथ गाना बज रहा था—*दिल तो है दिल, दिल का एतबार क्या कीजै, आ गया जो किसी पे प्यार क्या कीजै।*

सभी की आँखें हैरत से फैल गईं लेकिन कोई चाहकर भी हँस नहीं पाया। एक लड़का रेडियो की तरफ बढ़ा तो धामा ने रोकते हुए कहा, "इतनी बड़ी बात हो गई, अब समझ ही जाएँगे या तो हमेशा के लिए बिगड़ जाएँगे।"

3

आदमी हो या चीजें अगर बहुत दिनों तक लगातार उपेक्षित होती रहें तो अन्ततः एक जिद्दी किस्म का सौन्दर्य पा जाती हैं। उन्हें देखने में पुरानी आँखें काम नहीं आतीं। उन्हें उनकी शर्तों पर ही समझा जा सकता है।

डैम की साइट ध्वस्त और उजाड़ होने का सदमा कब का भूल चुकी थी। कॉलोनी के घरों के सुरक्षित घेरे में छतों से बहुत ऊँचे पेड़ ढलती धूप में नहा रहे थे, अब बिना दीवार तोड़े उन्हें काटा नहीं जा सकता था। जो खिड़कियाँ-दरवाजे गल गए या लोग उखाड़ ले गए थे, उनकी खाली जगहों में कास के सफेद और पुटुस के लाल-पीले फूल ठसाठस भरे हुए थे। लताओं से ढके बिजली के खम्भे पेड़ों की नकल करने वाले बहुरुपिये बन गए थे। फर्न और काई के कालीनों से सजे दफ्तरों में रहने वाले गीदड़, लोमड़ियाँ, साही और लकड़बग्घे इलाके के वन्य जीवन का प्रशासन चला रहे थे। अब खरगोशों, छिपकलियों, तितलियों, टिटहरियों और तोतों के पास अपनी छत थी जिनमें उनके कुनबे बेफिक्री से फल-फूल रहे थे। दिन में इस आबादी की निगरानी का काम लंगूरों और चीलों के जिम्मे था जो वाच टॉवरों में आ बसे थे। रात में ड्यूटी बदलती थी उनकी जगह इस इलाके के मशहूर सींगों वाले उल्लू आ जाते थे। वर्कशॉप में हाथीडुबान सरपत थी। स्टोर में

लाखों चमगादड़ बसे हुए थे। झाड़ियों के बीच, जंग खाते डंपर और क्रशर में मोर अंडे देते थे। हवा चलती थी तो कोई एक दिशा जितना बड़ा मुँह फाड़कर भोजपुरी में ढिठाई से फुसफुसाता था—'भयल बियाह मोर करबे का!'

पिचके टायरों और चिटके शीशों वाले ट्रकों, लारियों के कई केबिनों के दरवाजों पर शरारती लड़कों ने किसी नुकीली चीज से खरोंचकर 'सुहाग कक्ष' लिख दिया था। घास के अन्दर खाली बोतलें, शीशे के टुकड़े, ताश के पत्ते और सुहाग दिवस मनाने के तमाम ध्वस्त उपकरण फैले हुए थे। रिपोर्टर को ऐसी जगहें बहुत पसन्द थीं। उसे वहाँ अपनापन लगा।

वे एक ऊँचे टीले पर बैठे जहाँ से शाम के सूरज का नदी में फेंका सोना झिलमिलाता दिख रहा था। लड़के गाड़ी से बोरा निकालकर ले आए जिसमें जंगल में मंगल का इन्तजाम था। रोस्टेड चिकन, पकौड़ी-नमकीन-मठरी और दही-बड़े की प्लेटों तक तो ठीक था लेकिन जब थर्माकोल के गिलासों में व्हिस्की ढाली जाने लगी, उसने अचकचाकर कहा, "मुझे काम करना है, मैं ये सब करने नहीं आया हूँ।"

"ये रमन-चमन की जगह है सर! आप मेहमान हैं। आपका एक-एक काम पूरा होगा, मैं गारंटी लेता हूँ," धामा ने आदरसूचक मुद्रा में कोहनी के नीचे हथेली लगाकर गिलास बढ़ाते हुए कहा।

वह खतरनाक लगते इस विनम्र आदमी के करीब जाने या पहले जितनी दूरी पर बने रहने के असमंजस में काफी देर बैठा रहा। लड़के बेकली दबाए इन्तजार करते रहे। उसके पहला घूँट लेते ही सबने अपने गिलास एक साँस में खत्म कर दिए। उनकी लम्बी, कड़वी, नशीली साँसों से उठी भाप से दिशाएँ गझिन और धुँधली होने लगीं।

धामा ने गाड़ी से डैम वाला बैग मँगाकर, कागज निकालकर घास पर फैला दिए। रिपोर्टर ने गौर किया, कहीं दूर से ट्रकों की लयबद्ध आवाज आ रही थी। वह जैसे एक ट्रक गुजरने के साथ एक दस्तावेज

उठाकर दिखाता जा रहा था। उसके हाथ और ट्रकों के बीच कोई सम्बन्ध जरूर था। आधी शताब्दी पहले जारी हुई बाँध निर्माण की अधिसूचना, ठेकेदारों के बजाय सरकार द्वारा निर्माण खुद कराए जाने का विधानसभा में पारित संकल्प, नदी साझा करने वाले दो पड़ोसी राज्यों में चला विवाद और समझौता, आदिवासियों के मौलिक अधिकारों और विकास की जरूरत को लेकर चली बहस, मुआवजे की दर को लेकर चली बेहद लम्बी मुकदमेबाजी के फैसले, अब तक हुए गोलीकांडों की जाँच रिपोर्टें, लड़खड़ाते अक्षरों वाले रोटरी प्रेस पर छपे पुराने अखबारों की कतरनें, ताजा गोलीकांड के बाद चमकदार पत्रिकाओं में जड़े इलाके के सांसद, विधायकों और आदिवासी पंचायतों के प्रमुखों के बयान और मोबाइल फोनों में ठुँसे वीडियो सब उसके सामने थे। उसने दुर्लभ तत्परता से सब कुछ सहेजकर रखा था।

रिपोर्टर को अब कुछ नहीं करना था। लौटते हुए कलक्टर और जिले के पुलिस कप्तान से मिलकर या फोन पर बयान लेने की एक रस्म पूरी करनी थी फिर वह चाहे जैसी रिपोर्ट बना सकता था। वह चाहे तो अपने अखबार में लिख सकता था कि सरकार आदिवासियों की जरूरत, संस्कृति और जीवनशैली को नहीं समझती, उन्हें पश्चिम की नकल वाले विकास के पीछे घसीटकर बर्बाद किया जा रहा है। वह लिख सकता था कि आदिवासी सिर्फ मोहरे हैं और बाँध अफसरों-नेताओं-ठेकेदारों की कमाई का सनातन जरिया है, वे हर पंचवर्षीय योजना में नियम से सोने का अंडा देने वाली मुर्गी को हाथ से नहीं जाने देना चाहते। वह लिख सकता था अगर वर्तमान बाजार दर के हिसाब से भी मुआवजा मिले तो जितना पैसा आदिवासी किसानों को मिलेगा उससे कहीं बहुत अधिक धामा चेरो जैसे दलाल मुकदमा लड़ने, आन्दोलन करने और नतीजे में भ्रष्ट अफसरों को ब्लैकमेल करके कमा चुके हैं। बाँध भले न बने लेकिन उसके अदृश्य पानी की लहरें गिनकर आमदनी करने में दक्ष एक

तबका जंगल में पैदा हो चुका है। वह लिख सकता था कि पचास साल में आदिवासियों को मूर्ख और लालची अर्धमानवों के समूह में बदलने की परियोजना पूरी हो चुकी है। तीर-धनुष का इस्तेमाल अब शिकार के लिए नहीं फोटो खिंचाने के लिए किया जाता है और उन्हें दलालों द्वारा शराब पिलाकर पुलिस की बन्दूकों के सामने ला खड़ा किया जाता है। उन्हें ज्यादा मुआवजा मिल भी गया तो वे बसेंगे नहीं बल्कि शहरातियों की नकल में लम्बी गाड़ियों में घूमते, शराब पीते, जुआ खेलते हुए जेट स्पीड से बर्बाद होंगे। वह लिख सकता था कि बाँध बन भी जाए तो कुछ नहीं होगा क्योंकि खेती अलाभकारी काम है, किसान अनाज बेचकर लागत भी नहीं निकाल पाता। यह पुल बसों से सवारी और ट्रकों से सामान ढोने के अलावा और किसी काम नहीं आएगा। अन्तत: इसी पुल के रास्ते आदिवासियों को विस्थापित होकर किसी शहर की झुग्गी-बस्ती में जा गिरना है।

वह तथ्यों और सूचनाओं की अधिकता से चकराकर अपनी स्मृति के कबाड़ में खोई कोई ऐसी तस्वीर खोजने लगा जिसमें यह सब यथास्थान फिट होकर एक सादे शाश्वत सत्य की तरह दिखाई देने लगे।

उसके सामने कम से कम एक महीना चलने वाली एक स्टोरी सीरीज का मसाला बिखरा पड़ा था, तभी उसका ध्यान ढलती शाम की रोशनी में व्हिस्की के मनोहर रंग पर गया। उसने सोचा, लेकिन मैं तो यहाँ नदी के पानी के बदलते रंग और आदिवासियों के दुख में सूखते आम के पेड़ों की सच्चाई जानने के लिए आया था। मेरी मदद धामा चेरो जैसे विकास चाहने वाले नहीं, अपनी देह पर देवताओं की सवारी झेलने वाले ओझा और बैगा ही कर सकते हैं। उसे शहीद स्मारक पर चढ़ाए गए रेडियो की याद आई और तेज हैरानी हुई कि ध्यान कैसे चीजों को जीवित कर देता है वरना वे मृत पड़ी रहती हैं। जैसे उसके कान पहली बार खुले हों, जंगल के हरियाले विस्तार से, खँडहरों से, नदी के पानी

से परावर्तित प्रकाश से, आसमान में मँडराती चीलों की उड़ान से एक मद्धिम आवाज आ रही थी—*मैं शायद तुम्हारे लिए अजनबी हूँ मगर ये चाँद-तारे मुझे जानते हैं...।*

शहीद वेदी पर पड़ा रेडियो दोपहर से लगातार बजे जा रहा था।

"और नक्सली?"

धामा हँसा, "नक्सली कहीं आसमान में रहते हैं क्या?" उसने लड़कों की ओर हाथ घुमाया, "अरे सर, यही नक्सली हैं जो आपकी सेवा कर रहे हैं। साले खूब मौज काट रहे हैं, बस हमको एक मुसलमान लाकर नहीं दे रहे हैं।"

"आँय, कैसा मुसलमान! उसका क्या होगा..."

धामा अचानक चुप हो गया। वह चुप्पी के अन्तराल में रिपोर्टर के सहमत होने की उम्मीद से गरदन हिलाते हुए ठहरी नजर से देखता रहा। कोई प्रतिक्रिया न पाकर पछताते हुए लापरवाही के साथ हाथ में पकड़ा गिलास गटक गया और बोला, "ये न हों तो नक्सलियों के बड़े-बड़े तोपची जंगल में पानी बिना टें बोल जाएँ। गोली-बारूद, खाना, पुलिस मूवमेंट की खबर, सभा-सोसायटी से लेकर रात में नदी पार झारखंड और छत्तीसगढ़ भेजने तक के सब काम यही करते हैं। जिस एरिया कमांडर से मिलना हो आप नाम लीजिए, ये आपको पहुँचा देंगे।"

लड़कों के शराब से दीप्त चेहरों पर विनम्र सलोनापन था। वे जिज्ञासा, सौजन्य और प्रेम से इतने भरे थे कि उनके साथ चुहल करने का मन करता था। वे शरमा रहे थे जैसे उनके कड़ियल बाप ने पहली बार किसी अजनबी के सामने उनके होनहार होने की चुगली कर दी हो। विकास जो गाड़ी चलाकर लाया था, बन्दूक गोद में रखकर झेंपते हुए घास नोच रहा था। उस समय वे इतने सलज्ज थे कि उनके गुंडे होने से ज्यादा अभागे होने का विचार विचलित कर सकता था।

धामा चेरो ने कहा, "ऐ विकास, पैंट उतारो।" और अँगूठियों से

लदे हाथ जोड़े, "सर! एक विनती है, फोटो मत खींचिएगा। इसकी बहुत साँसत हो चुकी है।"

उसने खड़े होकर पैंट नीचे सरका दी। उसकी जाँघ में अन्दर की तरफ एक गड्ढा था, जहाँ की चमड़ी बाकी टाँग से मुलायम और हल्के रंग की थी। वह जाँघिया पहने डूबते हुए सूरज की तरफ दाँत भींचे देख रहा था।

"तेरह साल का था तब इसको झारखंड में गोली लगी थी, भाग नहीं पाया था। चुनाव के बाद इसका प्लास्टिक सर्जरी कराना है।"

विकास ने कहा, "लेकिन हम कभी किसी की हत्या नहीं किए थे।"

बाकी लड़के हँसने लगे। वह जैसे अपनी उम्र से बहुत भारी बोझ लाद दिए जाने की शिकायत कर रहा था। जो उन्हें मजेदार लग रहा था।

4

बंधे को घेरे में लिए जंगल की सीमा को छूकर गुजरने वाला हाईवे राहजनी, बहुत सस्ती वेश्यावृत्ति, ट्रक लूटने जैसे अपराधों के लिए कुख्यात था। व्यापारी बूढ़े पालतू पशुओं को अपने एजेंटों के जरिये देहाती इलाकों से खरीदकर ट्रकों से पश्चिम बंगाल भेजते थे। कुछ बंगाल के स्लाटर हाउसों में खप जाते थे लेकिन अधिकांश को बांग्लादेश की सीमा पर ले जाया जाता था जहाँ उस पार के थोक और खुदरा मांस व्यापारी अच्छी कीमत देकर ले जाते थे। तीन हजार की बूढ़ी गाय आराम से पैंतीस हजार में बिक जाती थी। सौ प्रतिशत से भी अधिक मुनाफा था। राज्य में गौहत्या पर प्रतिबन्ध होने के कारण इन्हें बिहार, मध्य प्रदेश और झारखंड में लगने वाले पशु मेलों में बिक्री के नाम पर ले जाया जाता था। यह बहुत पुराना व्यापार था जो जानवरों को काटने-डिब्बाबन्द करने की आधुनिक तकनीक, आसान निर्यात और देहातियों को भी बहुत तेज गति से अमीर होने की लगी नई बीमारी के कारण तेजी पा गया था।

व्यापारियों की एक और दुस्साहसी प्रजाति थी जो अच्छे और ज्यादा मांस वाले कम उम्र के पशुओं की चोरी कराती थी। उन्हें भी इसी रास्ते ट्रकों और कंटेनरों में छिपाकर ले जाया जाता था। इनके कैरियर रास्ते में कई जगह बदले जाने वाले गुंडे होते थे जो बैरियर तोड़ने के माहिर थे

और रोकने वालों पर गोली चलाने में भी नहीं हिचकते थे। हाईवे के थानों में थानेदारों की पोस्टिंग के लिए काफी मोटी रकम की बोली लगती थी। कोई थानेदार इस चौड़ी सड़क पर कुछ दिन भी टिका रह जाए तो वह धन और राजनीतिक सम्पर्कों के मामले में आधुनिक राजा हो जाता था।

अनिद्रा, रक्तचाप और माइग्रेन इस सड़क पर पहरा देने वाले पुलिसकर्मियों की सबसे आम बीमारियाँ थीं। वे ट्रांसफर से भयभीत होकर पूजा-पाठ और दान करते थे। वे बस नींद पूरी करने के लिए जानवर लदे ट्रकों की खिड़कियों से बरसता पैसा नहीं गँवाना चाहते थे। जिन्हें डाक्टरों की सलाह पर या मौत के डर से बिस्तर पर लेटना ही पड़ता वे दूसरे थानों के सिपाहियों को अपनी ड्यूटी बेच देते थे। तब उन्हें वसूली के बहुत छोटे हिस्से से ही सन्तोष करना पड़ता था। तब वे विपरीत ग्रहों को अनुकूल बनाने के लिए चेकपोस्ट के करीब फुटपाथ पर बैठने वाले ज्योतिषियों और तांत्रिकों की शरण लेते थे।

हर छिपे कारोबार की तरह यहाँ के भी कुछ पवित्र, अनुल्लंघनीय नियम थे जिन्हें अगर माना जाता तो अंडरवर्ल्ड का सारा रोमांच ही खत्म हो जाता। व्यापारियों और पुलिस के बीच लालच की देवी की कृपा से ज्यादा बचाने और ज्यादा वसूलने की होड़ लगी रहती थी। व्यापारी पुलिस के लगाए बैरियर पार करने के नए तरीकों की खोज करते रहते थे। दूसरी तरफ पुलिस भी यथासंभव हर ट्रक में घुसकर पशुओं का स्वास्थ्य प्रमाणपत्र और चारे-पानी का इन्तजाम देखती थी। गड़बड़ी पाए जाने पर पशु क्रूरता अधिनियम की चुनिन्दा धाराओं के तहत मुकदमा कायम किया जाता था जिसके कारण जानवर रास्ते में कुछ दिनों के लिए रोक लिए जाते थे लेकिन कारोबार कभी बन्द नहीं होने पाता था।

धामा चेरो राजनीति के जरिये अपनी देशसेवा को भरोसेमन्द आधार देने के लिए एक गौशाला खोलकर रजिस्टर्ड गौसेवक हो गया था।

ट्रकों को हर चेकपोस्ट पर रोका जाता। आए दिन ऐसा होता कि हर नाके पर घूस देने और अनिवार्य तौर पर दो-चार लप्पड़ खाने से आजिज आए कुछ ड्राइवर और खलासी ट्रक छोड़कर भाग निकलते थे। अब पुलिस के सामने इन जानवरों को रखने की समस्या होती थी जिनकी देखभाल के लिए सरकार की ओर से प्रतिदिन प्रति पशु सैंतीस रुपए खुराकी मिलती थी। ऐसे जानवरों को धामा चेरो की गौशाला में भिजवा दिया जाता था। वह इनमें से कुछ को छाँटकर आदिवासियों और गरीब किसानों में बाँट देता था। वे इनका इस्तेमाल खेती में करते थे। जिसको एक मरणासन्न बैल भी मिल जाए उसका वोट पक्का हो जाता था। उसने ग्राम प्रधान का चुनाव इसी तकनीक से जीता था और विधानसभा का चुनाव निर्दलीय होते हुए भी मामूली अन्तर से हारा था। इतिहास में कम ही चीजें ऐसी होंगी जो पुलिस और किसान दोनों का समान रूप से भला करती हों। धामा चेरो की राजनीति ऐसी ही निराली चीज थी।

जब व्यापारी जुर्माना भरकर अपने जानवरों को वापस लेने के लिए आते थे, उन्हें धामा चेरो के पास भेज दिया जाता था। धामा उन्हें जंगल में आदिवासियों के घरों की तरफ रवाना कर देता था। दो दिन भटकाने के बाद यदि कोई किसी गाँव तक पहुँच भी जाता तो उसे बियाबान में ले जाकर, उन विशाल गड्ढों में सियारों, कुत्तों और गिद्धों की मेहनत से चमकते कंकाल दिखाए जाते थे जहाँ मरे जानवरों को फेंका जाता था—'तुम्हारा जानवर तो खुरपका, मुँहपका या न जाने कौन सी रहस्यमय बीमारी से मर गया!'

गौशाला में सिर्फ पुलिस को सैंतीस रुपए प्रतिदिन का भत्ता देने वाले जानवर ही नहीं आते थे, दूरदराज के इलाकों के पशुचोर भी अपना मालजाल, व्यवहार कुशलता और परिश्रम से बनाए गए नेटवर्क के जरिये उसके पास लाते थे। इन सभी को बंधे के पास से नदी पार कराकर बिहार और झारखंड में इन्तजार कर रहे दूसरे व्यापारियों को बेच दिया

जाता था जो उन्हें ट्रकों के नए काफिले के साथ बांग्लादेश की ओर रवाना कर देते थे।

धामा चेरो की गौशाला की दीवार पर गेरू से बने गाय के चित्र और उसकी सेवा से होने वाले पुण्यों को दर्शाने वाले एक फटे कैलेंडर के सिवा और कुछ नहीं था। असली कारोबार नदी किनारे जंगल साफ करके बनाए गए बाँस से घिरे बाड़ों से संचालित होता था जहाँ चारे-पानी की कोई कमी नहीं थी।

नोट गिनने और गड्डियाँ बनाकर सहेजने से परेशान होकर, धामा चेरो की अनपढ़ माँ ने एक बार कहा था, "तुमको गौहत्या का पाप लगेगा।"

उसने खिलखिलाते हुए उसे समझाया था, "यह वैसा ही है जैसे जंगल से जाती किसी व्यापारी की औरत के थन से कोई आदिवासी बच्चा दो घूँट दूध पी ले। अगर गोहत्या पाप होता होगा तो उन व्यापारियों को लगेगा जो उन्हें कटवाने के लिए ट्रकों में लादकर ले जाते हैं।"

विधानसभा चुनाव में एक साल बचा था। समय बीतने के साथ धामा चेरो की मानसिक हालत अस्थिर होती जा रही थी। वह बन्दूक की बगल में लेटा हुआ एक रात सपना देखता कि चुनाव जीतकर विधानसभा में पहुँच गया है और सब कुछ उसकी मुट्ठी में आ गया है। दूसरी रात पसीने से भीगे, दाँत किटकिटाते हुए सपने में पाता कि चुनाव से पहले ही विरोधियों ने नक्सलियों से उसकी हत्या करा दी है। वह उम्मीद और डर के बीच झूलते हुए, बचने की पूरी कोशिश के बावजूद शराबी और सनकी होता जा रहा था। ऐसे में विनम्रता का भव्य प्रदर्शन ही उसे चुनाव तक बचाए रख सकता था।

अगर किसी बड़ी पार्टी का टिकट होता तो वह पिछला चुनाव ही जीत गया होता। इस बार वह गाय की रक्षा करने वाली पार्टी में शामिल हो गया था लेकिन टिकट के लिए चुनाव से पहले एक मुसलमान गिराने की शर्त लगा दी गई थी। वह टिकट की बात करता तो पार्टी के बड़े

नेता कहते, तुम जिस पार्टी के खिलाफ चुनाव लड़ रहे हो उसे वोटर को लालच देकर जीतने का बहुत पुराना अनुभव है। लालच से लालच की काट नहीं हो सकती। नफरत कहीं बहुत अधिक शक्तिशाली चीज है। तुम पहले से ही गौसेवक हो, अगर सिर्फ यह काम कर लो फिर नकदी-शराब-कम्बल-साड़ी बाँटने वाले मुँह ताकते रह जाएँगे। वह अपने आप पार्टी का माहौल भाँप कर टिकट पर दावा पक्का करने के लिए गौवंश को प्रणाम करने लगा था लेकिन उसके आदमी बहुत कोशिश करके भी जानवरों को नदी के उस पार ले जाने वाले एक मुसलमान का इन्तजाम नहीं कर पा रहे थे। उसने बकरियों का कारोबार करने वाले एक चिकवा को मोटी तनख्वाह पर रखने की बहुत कोशिश की थी लेकिन वह हर बार पैर सुन्न हो जाने की बीमारी के कारण सत्तर फाल से ज्यादा पैदल नहीं चल पाने का बहाना बनाकर सरक जा रहा था। वह खस्सी को काटने से पहले, उसकी आत्मा को बरसों तक, गले में बँधी रस्सी के कम्पन से महसूस करने के कारण भाँप गया था कि धामा चेरो किसी दिन उसे गौकशी की तोहमत लगाकर, भीड़ से मरवा देगा और उसके लड़के अपने मोबाइल फोनों से धार्मिक न्याय का वीडियो बनाएँगे ताकि वोटरों को मुसलमानों के कुकर्मों से परिचित कराया जा सके।

5

विकास का बाप दशरथ बँसफोर नफासतपसन्द आदमी था। सफेद बेलबाटम पहनता था और सिगरेट पीता था। खेत बाँध में चले गए और वह दर्जी हो गया।

वह बचपन में पुराने कपड़ों को छोटा-बड़ा कराने और पैबन्द लगवाने डेढ़ कोस दूर रहमानपुर में पंचकैंचिया मियाँ उर्फ मोहम्मद वकील के घर जाता था जहाँ तीन मशीनें दिन-रात चलती थीं। मियाँ का कुछ भरोसा नहीं था कि पुराने कपड़े कब वापस करें लिहाजा उसकी माँ भेजते समय एक चपत मारकर कहती थी, 'नाऊ-धोबी-दर्जी तीन जात अलगर्जी' बिना कपड़े वापस लिये घर मत आना। पिटाई के डर से वह वहीं बैठा कपड़ों की रंग-बिरंगी कतरनों से खेलता रहता था। कुछ दिन बाद काज-बटन करने लगा और खिलवाड़ में मशीन चलाना सीख गया।

वह जब कारीगर हो गया, उसे वकील मियाँ की बीवी की तरफ से कभी आमलेट, कभी खस्सी का सालन तो कभी सेंवई मिलने लगी। उसे खाने से अच्छा यह लगता कि कारखाने में कोई भी चीज चीनी-मिट्टी की सफेद चमकती हुई कटोरियों में लाई जाती जो क्रोशिया किए हुए जालीदार कपड़े से ढकी रहती थी। उसे बहुत अच्छा लगता जब महीना-डेढ़ महीना के इन्तजार के बाद वकील चाची उसके पास आकर धीरे से कहतीं, "ए बाबू, नाश्ता कर लो।" उसने घर में भी खाने को नाश्ता कहना शुरू

किया तो उसकी माँ वकील मियाँ से लड़ने पहुँच गई क्योंकि गाँव वाले चिढ़ाने लगे थे कि दर्जी ने दशरथवा को कलमा पढ़ाकर मुसलमान बना लिया है। एक दिन मियाँ ने मनाकर दिया कि वह कारखाने में बैठकर टाइम खोटा न किया करे लेकिन वह आता-जाता रहा। इतना हुआ कि चाची ने उसे खाने-पीने के लिए कुछ देना बन्द कर दिया।

उसकी शादी हुई तब वह कारखाने से दो चीनी मिट्टी की कटोरियाँ और एक पुरानी, भारी कैंची कमर में खोंसकर चुपचाप चला आया, फिर रहमानपुर की तरफ कभी नहीं गया।

मियाँ, जो बिरले ही कारखाना छोड़कर कहीं जाते थे, तीसरे दिन चीनी मिट्टी की दस चमकती कटोरियाँ लेकर दशरथ के गाँव पहुँच गए। उन्होंने कटोरियाँ उसकी माँ को देकर अपनी कैंची वापस कर देने को कहा लेकिन वह चोर कहे जाने की बेइज्जती के कारण साफ नकार गया। गाँव भर के सामने दिन भर हुज्जत चलती रही, कुछ नतीजा नहीं निकला। मियाँ शाम को कटोरियाँ उसके दरवाजे के आगे, महुए के पेड़ की जड़ पर फेंककर वापस लौट गए।

तीन दिन बाद चोरी का फैसला करने के लिए पंचायत हुई जिसमें आठ गाँवों से बँसफोर बिरादरी के लोग जुटे। एक बैगा ने टोटका करके बताया कि दशरथ ने मियाँ के कारखाने से लोहा उठाया था लेकिन वह चीज अब स्थान छोड़कर कहीं और चली गई है। दशरथ ने रोते हुए कबूला कि वह कैंची अपने ननिहाल में एक लड़के को दे आया था जिसने किसी को अढ़ाई रुपया में बेच दिया है। बँसफोर बिरादरी के चौधरी ने मियाँ से कहा, पुरानी कैंची थी कहीं और चली गई, अब नई का दाम लेकर मामला खत्म करें। मियाँ अड़ गए। उन्होंने कहा, उसी से हमारी रोजी में बरक्कत हुई है। वह कोई मामूली कैंची नहीं है। हमको उसके अलावा कुछ और लेना मंजूर नहीं है।

कैंची की पंचायत का तमाशा देखने गए, नए जवान हो रहे धामा

चेरो ने दूसरी जात की पंचायत के बीच में कूदकर ताना मारा, "सोने की कैंची है क्या जो आपका राजपाट लुटा जा रहा है। हल के फाल को लोहार से निहाई पर पिटवाकर जोड़वा दो, नई कैंची बन जाएगी।"

मियाँ की साँस फूलने लगी। उन्होंने तमककर कहा, तुम जाहिल-जपाट लोग क्या जानो कि कैंची क्या शै होती है। हिन्दुस्तान में खूब कपास होती थी और उम्दा कपड़ा बनता था लेकिन हजार साल तक लोग उस कपड़े को लपेटे फिरते रहे। अब भी कई जगह के मन्दिरों में वही रिवाज चला आ रहा है कि लोग सिला कपड़ा पहन के अन्दर नहीं जाते। मिस्र देश से कैंची आई तब जाकर सिला कपड़ा मयस्सर हुआ। तुम्हारे जैसे लोगों को क्या कहा जाए जो बीस साल पहले तक पोशाक के नाम पर बिहटी और भगई के आगे कुछ जानते ही नहीं थे।

बात बढ़ते-बढ़ते बढ़ गई। नौजवान लड़कों ने मियाँ को धक्का दे दिया। किसी ने हो-हल्ले में उनकी दाढ़ी पकड़कर खींच ली। मियाँ वापस लौट गए लेकिन उन्होंने बँसफोरों की आबादी वाले पाँच गाँवों की सभी जात का कपड़ा सिलना बन्द कर दिया। शायद एक दर्जी का हुक्का-पानी बन्द करने का यही तरीका हो सकता था। उस घटना के बाद उनका नाम पंचकैंचिया मियाँ पड़ गया।

दो साल तक जुआ खेलने और मुर्गों की लड़ाई देखने के बाद, दशरथ मशीन के लिए जिला सहकारी बैंक से लोन लेकर इलाके का नामी टेलर मास्टर हो गया। उसके पाँच गाँव बँधे हुए थे। लगन के दिनों में उसे फुर्सत नहीं मिलती थी कि अपने रिश्तेदारों की शादियों में जा सके लेकिन सिलाई से इतना अनाज और पैसा मिल जाता था कि खेती से कई जनम में भी नहीं मिल सकता था।

मजे से कुछ साल बीते थे कि उसके ओसारे के आगे महुए के पेड़ पर रोज शाम को एक उल्लू आकर बैठने लगा। उल्लू बोलता तो वह सीटी बजाता, थोड़ी देर बाद जवाब में वह जोर से चीखता। झुंड बनाकर रोज

उल्लू का इन्तजार करने वाले बच्चे इस खेल पर हँसते थे लेकिन उसकी माँ उल्लू को गालियाँ देते हुए बड़बड़ाने लगती, "बेटा, यह खिलवाड़ एक दिन बहुत महँगा पड़ेगा। अगर किसी दिन उल्लू ने पलटकर जवाब नहीं दिया तो समझ लेना कि वही तुम्हारा आखिरी दिन है।"

वह उसे अन्धविश्वासी कहकर फिर से सीटी बजाता।

बरसात की एक शाम, उल्लू आने के समय एक लड़की कन्धे पर एक बोरा लादे आई जिसमें मरम्मत कराने के लिये कपड़े थे। वह मशीन वाली कोठरी के दरवाजे पर स्टूल लगाकर बैठ गई। दशरथ टेलर मास्टर ने बोरे के मुँह पर बँधी रस्सी को काटकर खोला तो देखा, फौज की एकदम नई वर्दियाँ थीं जिनको काटकर तुरन्त छोटा किया जाना था। वह समझ गया, लड़की को नक्सलियों ने भेजा है जो मना करने पर जान ले लेंगे। उसने टालने के लिए कहा, नाप के लिए कोई आदमी तो भेजो सिर्फ अन्दाज से वह कुछ नहीं कर पाएगा।

लड़की उठकर बाहर गई और उसके बारह साल के बेटे विकास का हाथ पकड़कर ले आई, "ऐसे नापो कि चार-पाँच साल बाद भी पहन सके।"

रात भर पानी बरसता रहा, वह स्टूल पर चुप बैठी मच्छर मारती रही। टेलर मास्टर लालटेन की रोशनी में वर्दियों को छोटा करता रहा। भोर में साढ़े तीन बजे करीब वह अचानक उठी, उसने बिना कुछ कहे सभी सिली-अनसिली वर्दियाँ, कपड़ों की कतरनें और धागों की रीलें भी बोरे में भरीं, एक मुट्ठी रुपये दिए और जंगल में गायब हो गई। उसके जाने के बाद टेलर मास्टर की जान में जान आई और पूरे दिन सोता रहा। वह तीसरे पहर जब जागा, आसपास गाँवों में सबको पता चल गया था कि वह नक्सलियों की वर्दी सिलता है।

तीन महीने बाद पुलिस कप्तान के दफ्तर से जंगली इलाकों के नौ नक्सल प्रभावित थाना क्षेत्रों में पाए जाने वाले सभी उल्लुओं को जिन्दा

या मुर्दा पकड़ने का टेंडर जारी किया गया। बहेलियों और चिड़ीमारों से अधिकतम सत्तर रुपये प्रति उल्लू और एक रुपया प्रति अंडा की दर से दो महीने की अवधि में राष्ट्रीय सुरक्षा के लिए खतरा बन चुकी रात्रिचर पक्षी प्रजाति से क्षेत्र को मुक्त कराने के लिए प्रस्ताव आमंत्रित किए गए थे। शहरों में बहस हो रही थी कि उल्लू के संरक्षित प्रजाति का पक्षी होने के कारण अन्ततः अदालत मारने पर रोक लगा देगी, जबकि आदिवासी माँग कर रहे थे कि उन्हें भी रोजगार का अवसर दिया जाना चाहिए क्योंकि वे इस काम में बहेलियों से कहीं अधिक माहिर हैं। टेंडर जारी होने के बाद टेलर मास्टर के घर के सामने वाले पेड़ पर उल्लू ने आना बन्द कर दिया था लेकिन उसकी माँ अब भी उसे खोजती रहती थी। उसे आशा थी या तो वह उल्लू मारा जा चुका है या जल्दी ही किसी न किसी की गुलेल से मार डाला जाएगा।

एक दिन कस्बे के इंटर कॉलेज में पढ़ने वाले लड़कों ने धामा चेरो के साथ आकर उसकी माँ को बताया कि अढ़ाई कोस दूर सड़क से इधर की तरफ फूटने वाले चकरोड के किनारे एक महुए के पेड़ पर एक बोर्ड टाँगा गया है, जिस पर लिखा है—'लाल सलाम वर्दी सिलाई केन्द्र'। टेलर मास्टर को लगा छोकरे चकल्लस कर रहे हैं, उसने उन्हें गालियाँ देकर भगा दिया। जब बाजार की तरफ अक्सर आने-जाने वाले बनिये भी इस बोर्ड का जिक्र करने लगे, एक दिन विकास साइकिल से उस पेड़ के पास गया। उसने लौटकर अपनी दादी को बताया, सही बात है, एक दफ्ती पर केवल हाथ से लिखा ही नहीं है बल्कि हमारे घर का रास्ता बताता तीर भी बनाया गया है। दफ्ती को एक खोखल से लटकाया गया है, जिसमें बैठा एक उल्लू सबको देखता रहता है।

उसी रात, पुलिस वाले आए जो मकान की तलाशी लेने के बाद टेलर मास्टर से नक्सलियों के नाम-पते पूछने लगे। वह कुछ नहीं बता पाया तो पुलिस वालों ने उसे हाथ पीछे बाँधकर मकान की मोटी धरन

से सिलाई मशीन के ऊपर लटका दिया और कोठरी में ताला बन्द कर गाँव में दूसरे लोगों से पूछताछ करने चले गए। वे तीन घंटे बाद लौटे तो टेलर मास्टर बेहोश हो चुका था। पुलिस वालों ने गाँव में सबसे अपने घरों से जितनी सूखी मिर्च हों सब बटोर कर ले आने के लिए कहा। मिर्चों की ढेरी को उसके नीचे जलाकर कोठरी को बन्द कर दिया गया।

भोर में चमड़े के एक चौड़े पट्टे को पानी में भिगोकर टेलर मास्टर की पिटाई शुरू की गई। इस बार उसने दर्द से चिल्लाते हुए बहुतेरे नक्सलियों के नाम बताए जिसमें उसके बेटे विकास, मर चुके पिता लच्छू और ससुर राम निहोर भी शामिल थे। उसे सुबह जीप में लादकर थाने ले जाया जा रहा था तभी रास्ते में वह मर गया। दस घंटे की यातना से उसके फेफड़े फट गए थे।

अगले दिन सभी अखबारों में खबर छपी और टी.वी. चैनलों में दिखाया जा रहा था कि नक्सल विरोधी अभियान में पुलिस को बड़ी कामयाबी मिली है। बीती रात माओवादियों के एक कमांडर को रोमांचक मुठभेड़ में मार गिराया गया जो दर्जी के भेस में स्थानीय आदिवासियों को सरकार के खिलाफ भड़का रहा था और उल्लुओं के जरिये जंगल में फैले गुरिल्ला दस्तों को सन्देश भेजने में माहिर था।

6

धामा चेरो अपने गाँव का पहला लड़का था जिसने हाईस्कूल पास कर लिया था। उन दिनों वह चाहता था कि गाँव के हर परिवार का राशन कार्ड बन जाए। वह खाद्य आपूर्ति विभाग के बाबुओं के यहाँ दौड़-धूप और विनती कर रहा था, इसलिए नहीं कि सबको सस्ता गल्ला, चीनी और मिट्टी का तेल मिलने लगे, बल्कि इसलिए कि मुसीबत पड़ने पर लोग साबित कर सकें कि वे अपने गाँव के रहने वाले हैं ताकि पुलिस उन्हें बाहरी बताकर मार न सके। उसके साथ पढ़ने वाले एक लड़के को पुलिस उठाकर ले गई थी, तीन दिन बाद लाश मिली। उसे आन्ध्र प्रदेश से आया नक्सली बताकर फर्जी मुठभेड़ में मार दिया गया था। उसके माँ-बाप भी साबित नहीं कर पाए कि वह उन्हीं का बेटा था। पड़ोसी गाँव के दशरथ टेलर मास्टर के साथ भी यही हुआ था। लोगों ने मान लिया था कि वह उल्लुओं की बोली में चिड़ियों से बात करने की विद्या जानता था लेकिन कोई यह कहने वाला नहीं था कि वह यहीं का मूल निवासी था।

पुलिस जादूगर थी, कुछ भी साबित कर सकती थी। नक्सली भी जादूगर थे। वे बारी-बारी से सूरज और चन्द्रमा की तरह प्रकट होते थे। नक्सली चाहते थे कि बाँध न बनने पाए क्योंकि उनके छिपने के ठिकाने पर बहुत बड़ा सरकारी अमला लाकर बसाया जा रहा था। उन्हें

अजनबियों से डर लगता था। जंगल में बसे गाँवों के लोगों को न चाहते हुए भी उन्हें बन्दूक के डर से खाना-पानी देना पड़ता था, मीटिंग में जाना पड़ता था, रात-बिरात जहाँ कहें पहुँचाना पड़ता था और सबसे ऊपर पुलिस की मुखबिरी करनी पड़ती थी। उनके पीछे पुलिस आती थी जो खासतौर से जवान लड़कों को छाँटकर टॉर्चर करती थी। उन्हें पीटने में सिपाहियों के हाथ सूज जाते थे, दूसरे सरकारी कर्मचारियों की तुलना में ज्यादा काम करना और चौकन्ना रहना पड़ता था, इसलिए वे मुआवजे के रूप में घरों से शराब, बकरी, नकदी, मुर्गा जो मिले उठा ले जाते थे। आदिवासियों की हालत उन पिल्लों जैसी हो गई थी जिन्हें बच्चे कान से उठाकर चोर-साव जाँचते हैं।

नक्सली और पुलिस, इन दो पाटों के बीच पिसते गाँवों में किसी आदमी के शान्ति से जीने का रास्ता नहीं बचा था। एक-दूसरे से डरना और नुकसान पहुँचाना लोगों की नियति थी। दोनों तरफ से कई सालों तक इतनी मार पड़ी थी कि किसी का किसी पर भरोसा नहीं रह गया था। परिस्थितियाँ ऐसी थीं जिनमें महान अवसरवादी और लम्पट व्यक्तित्व बना करते हैं। अगर कोई आदमी किसी तरफ नहीं है तो भी उसके बाइज्जत बचे रहने से डाह रखने वाला कोई उसे पुलिस का मुखबिर बताकर नक्सलियों से दस-बीस हंटर लगवा सकता था या फूलपत्ती चढ़ाकर नक्सलियों का राजदार होने के आरोप में पुलिस से साँसत करा सकता था।

एक दिन धामा चेरो के कॉलेज के गेट पर लगे लेटरबॉक्स में लाल स्याही से लिखी एक बैरंग चिट्ठी पड़ी पाई गई जिसमें कॉलेज के प्रबन्धक-प्राचार्य से इलाके के विकास के लिए एक हफ्ते के अन्दर तीन लाख रुपया टैक्स देने या अंजाम भुगतने की तैयारी करने के लिए कहा गया था। धामा के क्लासटीचर ने चिट्ठी खोलकर पढ़ी और रहस्यमय खुशी से दमकते हुए उसे देकर प्राचार्य जी के पास भेज दिया। वह डरता हुआ उनके दफ्तर में गया लेकिन प्राचार्य जी ने खुली चिट्ठी को

इत्मीनान के लिए एक बार फिर खोलकर देखा और व्यस्त भाव से जिले के कप्तान को फोन मिलाने लगे।

सुपोषित प्राचीन जटा, धवल दाढ़ी, त्रिपुंड और दुर्लभ प्रजाति के रुद्राक्ष की मालाओं से मंडित प्राचार्य-प्रबन्धक का व्यक्तित्व ऐसे बना था कि वैसा और कुछ हो पाना असम्भव लगता था। संक्षेप में वह, एक ब्रह्मचारी संन्यासी पिता और शिक्षाविद् माता की तेजस्वी संतान लगते थे। बाहर से आकर उन्होंने इस जंगल में कॉलेज की नींव डाली थी। पिछड़े इलाके में शिक्षा का प्रकाश फैलाने की लगन ऐसी थी कि वन विभाग और पुलिस के भक्त अफसरों की सहायता से आदिवासियों की जमीनों पर कब्जा करके विद्यारम्भ करना पड़ा अन्यथा बिलम्ब होता और अज्ञान का अँधेरा बढ़ता ही जा रहा था। वह पानी के लिए अपना तांबे का लोटा हमेशा साथ रखते थे, जनश्रुति के अनुसार उनका भोजन लकड़ियों पर गंगाजल छिड़ककर बना करता था और उनके आदेशानुसार उनकी गाड़ी में गायत्री मंत्र सर्वदा गुंजरित रहता था। शिक्षा के मार्ग में अत्यल्प वेतन, परिवारवाद, घपला, कुप्रबन्धन जैसे वचनों के काँटे बोने वाले अस्थायी अध्यापकों और आदेश पालन में विलम्ब करने वाले अन्य स्टाफ को अनुशासित रखने के लिए उन्हें अक्सर ऋषिपद से थोड़ा-सा खिसककर भोजपुरी की सबसे कोमल गालियों का संयत व्यवहार करना पड़ता था, जिसका असर उनके रक्तचाप के विचलन में दिखाई देता था। उन्होंने परिसर में परशुराम की प्रतिमा स्थापित कर, एक मध्यम आकार का भव्य मन्दिर बनवा रखा था जिसका प्रयोग वह अनिच्छित तत्त्वों से मिलने के बजाय उस समय का सदुपयोग साधना एवं जाँच के लिए आने वाले सरकारी अधिकारियों के आतिथ्य के लिए करते थे। उन्होंने परम्परानुसार अगले आदेश की प्रतीक्षा में खड़े धामा को स्नेह से देखते हुए कहा, "भक्कू की तरह ताक क्या रहे हो धीचोद! रुपया लेकर ही जाओगे क्या।"

कस्बे के लघु एवं दुर्बल समाचार-पत्रों में, लम्बे अन्तराल के बाद इलाके में फिर से नक्सलियों की सक्रियता का कलरव आरम्भ होने के तीसरे दिन पुलिस ने कॉलेज के दो अन्य छात्रों के साथ धामा को पूछताछ के लिए उठा लिया। ये दोनों अस्थायी शिक्षकों के बहकावे में आकर आदिवासी और दलित छात्रों को समाज कल्याण विभाग से मिलने वाली छात्रवृत्ति की रकम को सीधे छात्रों के बैंक खातों में डालने की माँग कर रहे थे।

प्राचार्य जी की पारदर्शी व्यवस्था यह थी कि फॉर्म भरे जाने के समय ही छात्रों से सहमति ले ली जाती थी कि उन्हें छात्रवृत्ति का एक हिस्सा कॉलेज के विकास के मद में देना पड़ेगा। उन्हें अपव्यय की आदत से बचाने के लिए आधी से अधिक राशि नकद लेने के बाद ही छात्रवृत्ति के चेक दिए जाते थे और धन्यवाद प्राप्त किया जाता था। कार्ल मार्क्स ने आर्थिक प्रश्न को सबसे अधिक महत्त्वपूर्ण बताया था, वे छात्रों की अर्थव्यवस्था का आन्दोलन कर रहे थे और धामा ने नक्सलियों और प्राचार्य जी के बीच दूत की भूमिका निभाई थी इसलिए तीनों छात्रों का सम्बन्ध माओवादियों से हो सकता था। स्थानीय पुलिस ने इसी शंका के समाधान के लिए उनसे रात भर हवालात में रखकर पूछताछ करना उचित समझा था। तीनों को अगली सुबह छोड़ दिया गया था।

उस सस्ती के जमाने में धामा के बाप को अपने इकलौते लड़के को छुड़ाने के लिए चार हजार रुपए देने पड़े थे। दारोगा की नींद में खलल डालने के लिए सिपाहियों की गालियाँ सुननी पड़ीं, झापड़ खाने पड़े और एक वकील के साथ पुलिस कप्तान के बँगले पर जाकर अपनी सात पुश्त के अच्छे चाल-चलन का इतिहास सुनाना पड़ा था। धामा के शिक्षा से मोहभंग के महीनों बाद पता चल पाया कि वकील के पास सिर्फ काला कोट और आत्मविश्वास था, वकालत की डिग्री नहीं थी, प्रबन्धक सह प्राचार्य जी ने विदेश में रहने वाले अपने छोटे भाई से

धन और जिला प्रशासन से एक सुरक्षा गार्ड प्राप्त करने की योजना के पहले कदम के रूप में लाल स्याही से हूबहू नक्सल शैली में लिखी चिट्ठी खुद ही लेटरबॉक्स में डाली थी। वह अपने अस्तित्व के लिए आवश्यक दोनों उद्देश्यों में सफल रहे और छात्रों की अर्थव्यवस्था से सम्बन्धित किसी आन्दोलन की गुंजाइश लम्बे समय के लिए खत्म हो गई थी। अब शिक्षा का देवता अंगरक्षक के साथ वन में गरिमापूर्ण ढंग से विचरण कर सकता था।

धामा का बाप पुलिस कप्तान से मुलाकात के आतंक के कारण अचानक चुप रहने लगा। कुछ कहना चाहता तो हकलाने लगता, आधा कोस चलने में कई बार चक्कर आते और अन्ततः भहरा जाता। पेट में भय घुमड़ता रहता जिसके कारण हफ्तों दस्त लगे रहते। वह दरवाजे पर लबेजान एक झिलंगी खटिया में लेटा रहता। एक वैद्य की दवाई से कुछ फायदा हुआ तभी वरदान की तरह गैस की बीमारी हो गई। वह एक कोठरी में, देह में टूटा तीर लिये जानवर की कराह जैसी आवाज में डकारता और पादता पड़ा रहता था। झाड़-फूँक तो दूर लोगों ने उसके पास बैठकर दो बातें करना भी बन्द कर दिया जिससे उसे बहुत राहत महसूस हुई। वह बाकी उम्र अकेला ही रहना चाहता था ताकि मुँह से कोई ऐसी-वैसी बात निकल भी जाए तो कोई सुन न सके।

टप्पेबाजों का एक गिरोह था जो हाईवे पर नक्सलियों का भेस बनाकर सीमेन्ट फैक्ट्रियों से निकलने वाले ट्रकों से वसूली किया करते थे। पुलिस वाले रोड होल्डअप की घटना होने या होने की आशंका पर धामा के घर सुराग एवं आतिथ्य पाने के लिए आने लगे। नतीजा यह निकला कि नक्सलियों की बेगार करने वाले उसे टेढ़ी नजर से देखने लगे क्योंकि उन्हें दिखाई दे रहा था कि वह पुलिस का मुखबिर हो चुका है। अन्ततः उसने जान लिया कि अब जान बचाने का सिर्फ एक उपाय बचा है।

वह अन्त:प्रेरणा से खादी का लम्बा कुर्ता पहनकर कॉलेज के बजाय कचहरी, थाना और विकास के निकटम स्रोत ब्लॉक कार्यालय की ओर जाने लगा। उसकी दिनचर्या अधिक से अधिक लोगों के राशन कार्ड बनवाना और सीमेन्ट, एल्युमिनियम के कारखानों में बेरोजगार आदिवासी युवाओं को नौकरी दिलाने के लिए प्रयास करना हो गई। उसकी तरफ लोग लपकने लगे थे लेकिन भीतर ही भीतर वह अपनी असलियत जानता था और डरा रहता था। उसका कुर्ता अभी कच्चा था, उसमें पॉवर नहीं आई थी।

शादी के साथ, उसके फौज से रिटायर ससुर ने उसकी प्रतिभा को पहचानते हुए दहेज के रूप में ऐसा काम शुरू कराया कि वह देखते-देखते एक सम्पन्न समाजसेवक और कर्मठ देशभक्त का आकार लेने लगा। ससुर फौज के मेस में बार टेंडर रहा था जिसने अफसरों को ऐसी परिस्थितियों में शराब पिलाई थी जब मिलने की कोई सम्भावना नहीं थी और उनकी इच्छाएँ सूखकर मुरझा रही थीं। वह एक सलाम से किसी को भी बीता वक्त याद दिलाने की कला जानता था। उसने धामा से कहा, आप मेरे साथ साझे में लड़कों को फौज में भर्ती कराने का काम शुरू कीजिए। धामा बिदका, मैं फौज के बारे में क्या जानता हूँ तो उसने लगभग एक साल लगाकर धीरे-धीरे समझाया, कुछ जानने की जरूरत नहीं है। करना सिर्फ यह है कि लड़कों का कागज-पत्तर तैयार कराइए और उन्हें एक बस में ठाठ से खाना-पानी देकर रिक्रूटमेंट सेंटर तक पहुँचा आइए। हर भर्ती का एक फिक्स रेट है, वह लेकर एक साल के लिए सूद पर लगा दीजिए। साल भर में पोस्टिंग हो जाए तो वाह-वाह नहीं तो दरवाजे पर बुलाकर ईमानदारी से पैसा वापस कर दीजिए। अगर आपने सूद की वसूली में ढिलाई नहीं किया तो समझिए, पैसे और जस की कभी कमी नहीं पड़ेगी।

धामा ने ससुर को कप्तान मानकर बेरोजगारी के समुद्र में अपनी

कश्ती उतारी और देश के लिए जान देने को हरदम तैयार रहने वाले नौजवानों का भविष्य निर्माता बन गया।

एक बार सीमेन्ट फैक्ट्रियों में आदिवासी युवाओं को रोजगार देने की माँग को लेकर कस्बे के बाजार में सड़क जाम चल रहा था और एक फैक्ट्री के नए मैनेजर की गाड़ी फँस गई। एक लड़के ने ईंटा उछाल दिया जिससे उसकी गाड़ी का शीशा चटक गया। वह काफी देर तक गाड़ी में निश्चिन्त बैठा, काले चश्मे के पीछे से धामा चेरो को घूरता रहा फिर बाहर निकलकर उसके पास आया। उसने उसे डाँटते हुए कहा, "ढेला-पत्थर से कितने दिन राजनीति कर पाओगे। आदिवासी हो तो तीर-धनुष उठाओ। कुछ समझे, तीर-धनुष!"

धामा ने कहा, "गलती हो गई सर! आप हमारा भी कुछ खयाल करिए।"

मैनेजर ने उसे अपना कार्ड देते हुए कहा, "तुम तैयारी रखो। जब सही वक्त आएगा तुम्हें बुलाऊँगा, जिसे कहोगे उसे नौकरी मिल जाएगी।"

कुछ महीने बाद कस्बे की सबसे बड़ी सीमेन्ट फैक्ट्री में हड़ताल हुई तो मैनेजर ने उसे बुलाकर फैक्ट्री के गेट पर आदिवासियों का एक प्रदर्शन कराने के लिए डेढ़ लाख रुपए दिए। उसने आसपास के गाँवों के लोगों को इकट्ठा किया। मैनेजर के बताए दिन फैक्ट्री के गेट पर तीर-धनुष के साथ विशाल प्रदर्शन हुआ। उनकी सभा में आकर, मैनेजर ने धामा से माला पहनने के बाद कहा, हड़ताल करने वाले बाहरी मजदूरों की जगह फैक्ट्री में स्थानीय आदिवासी युवाओं को नौकरी दी जाएगी क्योंकि वे ज्यादा समर्पित और मेहनती हैं। तीन दिनों के भीतर हड़ताल खत्म हो गई।

मैनेजर ने उसे हड़ताल तोड़ने के आदिवासी एक्सपर्ट के रूप में विकसित किया। धामा ने कस्बे के बढ़ई से धार्मिक सीरियलों में दिखाए जाने वाले भव्य और चमकीले तीर-धनुष बनवाए जो सिर्फ फोटो खिंचाने

के मतलब के थे। वह दूसरी कई फैक्ट्रियों के मैनेजरों के बुलाने पर, आदिवासियों को वाजिब मेहनताने पर ट्रैक्टरों में लादकर प्रदर्शन के लिए ले जाने लगा। मजदूर आन्दोलन के नाम पर लम्बे समय से चल रही कुछ जातियों के गिरोहों की दादागिरी को खत्म करने में यह बाहरी बनाम लोकल का फार्मूला अचूक साबित हुआ जिसकी मुँहमाँगी कीमत उसे हर बार मिल जाया करती थी।

आसपास बीमारियाँ बहुत ज्यादा थीं। ग्राम प्रधान का चुनाव जीतने के बाद धामा चेरो तेजी से हर मर्ज की दवा बनता गया।

7

विकास ने महुए के पेड़ पर छिपकर, सिलाई मशीन वाली कोठरी के जँगले से अपने बाप की पिटाई देखी थी और गूँगा हो गया था। उसने हर चोट पर भय की बिजली का झटका खाते हुए देखा था कि पसीना पोंछते दो सिपाही बारी-बारी से जिस चमड़े के पट्टे से उसके पिता को मार रहे थे उसे कई बार बाहर ले जाकर पानी में भिगोया गया था। उस पर सफेद पेंट से एक तरफ लिखा था 'आन मिलो सजना'। यह पुलिस की रोमांटिक सोच का नमूना था। उसे बहुत दिनों तक अपने पेट में आवाजें चलती महसूस होती थीं लेकिन मुँह खोलने पर कुछ बाहर नहीं आता। वह हाथ-पैर झटकता और मुँह बा-बा कर आँखें झपकाता तो लोग संक्रामक यातना से त्रस्त होकर आँखें फेर लेते थे। उसकी माँ और दादी कलपती रहती थीं जिनके सामने पड़ने से बचने के लिए वह जंगल में बैठा रहता था।

वही लड़की जो टेलर मास्टर से वर्दियाँ छोटी कराने आई थी, एक दिन बन्दूक लिये पाँच आदमियों के साथ आई और उसे जंगल से उठाकर चली गई। पहले पैदल फिर जीप में बिठाकर उसे झारखंड में जंगल के एक कैम्प में ले जाया गया जहाँ वह तीन दिन अपनी उम्र के कई बच्चों के साथ बैठा रोता रहा। उसे समझाया गया कि उसे उन सब पुलिस वालों को मारकर बदला लेना है जिन्होंने उसके पिता की हत्या

की है। बच्चों के साथ उसे भी कोड में बात करना, बन्दूक चलाना और जंगल में खाना-पानी न मिलने पर भी जिन्दा रहने के तरीके सिखाए गए। उसे एक यूनिट से दूसरी यूनिट के बीच रसद और सन्देश पहुँचाने के काम पर लगा दिया गया।

उसके मुँह से पहली बार आवाज सात महीने बाद निकली थी जब उसने पेड़ से लगे बोर्ड पर बने गोले में राइफल से सही निशाना लगाया था। वह बिना कोशिश के अपने आप गुर्राया था, आन मिलो सजना। थोड़े समय बाद विजयादशमी के दिन उसे एक पुलिस के मुखबिर को सजा देने के लिए ले जाया गया। उस आदमी के हाथ-पैर बँधे हुए थे, आँखों से खून बह रहा था जिन्हें शायद कोई नुकीली चीज भोंककर फोड़ दिया गया था। वह कोई पचीस लोगों की भीड़ के बीच जमीन पर गुबरैले की तरह लुढ़कते हुए जान बख्श देने के लिए गिड़गिड़ा रहा था। उसे सीने पर गोली चलाने के लिए कहा गया। उसने भारी राइफल उठाकर निशाना लगाया लेकिन घोड़ा नहीं दब रहा था। वह पसीने से नहा गया, कँपकँपाने लगा, दाँत से दबकर निचला होंठ गहरे तक कट गया लेकिन उसकी राइफल से गोली नहीं निकली। उसकी हालत को देखकर हँसते हुए एक बड़े कॉमरेड ने अचानक फायर कर दिया और वह आदमी कँपकँपाकर शान्त हो गया।

कैम्प में किसी कॉमरेड का जन्मदिन मनाया जा रहा था। वह उस दोपहर कैम्प के रास्ते पर पहरा दे रहा था, तभी अचानक झाड़ियों में से निकले सीआरपीएफ के जवानों ने हमला कर दिया। वह कॉमरेडों को एलर्ट करने के लिए संकेत देकर भाग पाता, इससे पहले उसकी टाँग में गोली लगी। वह सूखी पत्तियों से भरे एक गड्ढे में लुढ़क गया और दम साधे रात भर पड़ा रहा। हमले में एक कॉमरेड मारा गया, बाकी घायलों को उठाकर भागने में सफल रहे थे। अगली दोपहर को कुछ गाँव वाले उसे उठाकर जंगल में एक पुराने मन्दिर में रहने वाले

एक साधु के पास छोड़ आए जहाँ पहले से मौजूद एक डॉक्टर ने उसका इलाज किया। वह ठीक हो गया तो साधु ने उसे शंख बजाना और दो-चार मंत्र पढ़ना सिखाया। वह उसके चेले, बाबा बालकराम के भेस में सोनभद्र, मिर्जापुर और झारखंड के बीच कूरियर का काम करने लगा। एक दिन खबर मिली कि केन्द्र सरकार ने जंगल में बहुत ज्यादा फोर्स भेजी है और उसकी यूनिट उड़ीसा की ओर निकल गई है। वह भी साधु को बिना बताए घर चला गया।

वह चाहता था कि उसके पिता दशरथ टेलर मास्टर को शहीद माना जाए और उनकी भी एक वेदी बाँध के पास बनाई जाए। उसका मानना था कि टेलर मास्टर बाँध के कारण मारे गए। अगर सरकार जमीन जबरदस्ती नहीं लेती तो उसके पिता के दर्जी होने की नौबत नहीं आती, न नक्सलियों की वर्दी सिलते, न मारे जाते। वह इस उम्मीद में धामा चेरो की गाड़ी चला रहा था कि पुलिस से बचा रहेगा और वह ग्रामसभा से प्रस्ताव पास कराकर एक दिन उसके पिता की भी आठवीं वेदी बनवा देंगे। मामला यहाँ फँसा था कि पुलिस ने दशरथ को झारखंड से आया नक्सली बताकर फर्जी मुठभेड़ में मारा गया दिखाया था। इतने सालों बाद भी उसे यहाँ का मूल निवासी साबित नहीं किया जा सका था। किसी ने इसके लिए पैरवी करने की हिम्मत नहीं की थी। दूसरी दिक्कत यह थी कि ग्रामसभा के दो मुसलमान सदस्य उसके पिता को शहीद का दर्जा देने के प्रस्ताव का समर्थन करने के लिए तैयार नहीं हो रहे थे। ये दोनों पंचकैंचिया मियाँ के रिश्तेदार थे।

8

अँधेरा ध्वस्त इमारतों, जंग लगे ट्रकों, शहीदों के चबूतरों, गिलासों, पाइपों और पेड़ों के बीच की खाली जगहों में भरता जा रहा था। नदी के बहने की आवाज के बीच में किसी ऐसी चीज के गिरने की आवाज छिपी थी जो वनस्पतियों की गन्ध, तारों की फीकी रोशनी, सिहराती हवा के स्पर्श और शराब के खुमार के साथ मिलकर रिपोर्टर के भीतर सेमल के रुईदार बीज की तरह भटक रही थी।

रात किसी अकेले झींगुर की आवाज की लय पर किसी आदिम गीत की तरह उठते-गिरते हुए हर चीज को अपने ही अनन्य ढंग से सम्मोहक और डरावनी बनाती जा रही थी। डर न होता तो सम्मोहन भी न होता। सरकार, पुलिस, नक्सली, दलाल, गरीबी और आत्माओं से डरते हुए लोग न जाने किस चीज पर मुग्ध जिए जा रहे थे। कहीं वह चीज रात तो नहीं है जो पहले सब कुछ पर पर्दा डालकर सहनीय बनाती है फिर भुलावा देकर सुला देती है, फिर चुपके से नींद में अच्छे-बुरे सपने बोकर चली जाती है। उसे कुछ समझ नहीं आया कि वह चीज क्या है। वह सबके बीच होते हुए भी अपने भीतर गुम होकर बुदबुदा रहा था, रहस्य...रहस्य...रहस्य।

उसे पहले लगा कि सरपत की जला दी गई झाड़ी की बची रह गई जड़ है। एक छोटी-सी लपट उठी, कुछ दिखाई देने लगा, मच्छर उड़ाने

के लिए एक हाथ हिला। ठीक पीछे बीस हाथ की दूरी पर एक टीले के ऊपर रेडियो वाला बैगा बैठा चिलम पी रहा था। वह उन सबको तीन घंटे से अपनी एक आँख से एकटक देखे जा रहा था। वह अचानक वहाँ से हटने के लिए बेचैन हो गया। संयोग कि धामा चेरो ने भी उसी समय अँगड़ाई लेते हुए कहा, "चलिए सर, अब यहाँ का खेल खत्म। आपको अपनी गौशाला घुमा के लाते हैं।"

"भाई आज रहने दो, मुझे गेस्ट हाउस पहुँचना है। रात में गेट बन्द हो जाएगा तो दिक्कत होगी।"

वह डैम से बीस किलोमीटर दूर कस्बे में एक सीमेन्ट फैक्ट्री के गेस्ट हाउस में ठहरा हुआ था। उसे केयर टेकर ने जंगली इलाके से रात होने के पहले लौट आने के लिए कहा था।

धामा हँसा, "अरे सर, अभी समझे नहीं कि आप किसके साथ हैं। जब आप चाहेंगे, जैसे आप चाहेंगे इस इलाके का कोई भी गेस्ट हाउस कोई डाक बँगला खुला मिलेगा।"

"नहीं, मैं उन लोगों को परेशान नहीं करना चाहता।"

उसने नशे में लचकते हुए दोनों हाथ थाम लिये, "देखिए सर, इनकार मत कीजिएगा। आप हमारे मेहमान हैं। गौशाला से किसी को आपकी सेवा के लिए साथ कर देते हैं, सुबह हम वापस ले आएँगे।"

वह बस्ती बाजार के पीछे सड़ांध मारते पानी के छिछले ताल के बाद, आखिरी झोंपड़ी की दीवार से शुरू होती थी। वहाँ तक जाने वाला खड़ंजे का रास्ता दोनों तरफ कीचड़ में उगी बेहया की झाड़ियों के बीच मच्छरों से गुंजार और जुगनुओं से रोशन था। गाड़ी की हेडलाइट से नाराज सुअर गुर्राते हुए अपने विशाल परिवारों के साथ इधर-उधर भाग रहे थे। अधिकांश घर खपरैल के थे जिनसे मरियल पीली रोशनी झाँक रही थी। हवा दड़बों में बन्द अदृश्य मुर्गियों की घुटी हुई गम्भीर आवाजों

से बोझिल थी और छप्परों की थूनियों से बँधी बकरियाँ बदहवास होकर झटके खा रही थीं। घरों की ऊँचाई, दरवाजे, जँगले, चबूतरे, आले सब औसत से छोटे आकार के थे जिनसे वहाँ रहने वालों की इस दुनिया में जगह का अन्दाजा होता था।

बच्चों से ठुँसी एक कच्ची कोठरी में अधनंगे, मरियल बैंड वाले कोई धुन निकालने का प्रयास कर रहे थे। शोर बहुत था, रोशनी में पिस्टीन बजाने वा़ले बैंड के अगुआ का गाल चमक रहा था लेकिन उस संगीत का सामूहिक प्रभाव डरावना, उदास और असहाय कर देने वाला था। जाने क्यों ऐसा लगता था कि उन्हें कभी-कभार किसी शवयात्रा में ही बुलाया जाता होगा वरना उनका मुख्य काम भारी रात काटने के लिए अभ्यास करते जाना था।

एक छप्पर के नीचे कुछ बाहरी लोग ताश खेल रहे थे जिनके कन्धों पर हाथ रखे लड़कियाँ चुपचाप देख रही थीं। वहाँ मोढ़े पर बैठी एक मोटी औरत ने चिंचियाती आवाज में कहा, "नेताजी नमस्कार।" वह टाउन एरिया की निर्वाचित सदस्य थी।

धामा चेरो ने गाड़ी की खिड़की से सिर निकालकर कहा, "नेताइन अपनी गोशाला से होकर आते हैं।"

औरत ने पान से सड़े दाँतों को दिखाकर हँसते हुए शरारत से हाथ नचाया, "कोई फायदा नहीं है। लौटकर यहीं आना पड़ेगा।"

गाड़ी एक ठिंगने से घर के सामने रुकी जिसके आगे 'कामधेनु गोसेवा केन्द्र' का पुराना साइनबोर्ड लगा हुआ था। दीवार पर गेरू से एक धुँधली-सी गाय बनी हुई थी जिसके पेट पर पिसे चावल की उड़ती सफेदी हथेलियों के रूप में छपी थी। गाय जादुई लग रही थी क्योंकि वह मिट्टी की दीवार में उभरे ढेलों और लीपे गोबर की चिटकी पपड़ियों में कभी अदृश्य हो जाती थी कभी दिखने लगती थी। धामा ने लड़कों को बाहर छोड़ दिया था जो किसी घर में लड़ाई के लिए तैयार किए जा रहे

एक नामी मुर्गे को देखने चले गए। वह उसे साथ लेकर घर के दरवाजे के नीचे आधा झुकते हुए भीतर घुसा।

एक सँकरी-सी दालान पार करने के बाद एक बड़ा-सा अहाता था जिसके बीचोबीच तुलसीचौरा था और किनारे की तरफ नीम और आम के दो छोटे पेड़ थे। सबसे दूर के कोने में लौकी की गझिन लतर से ढकी हुई एक मड़ई थी जिसके बाहर जाँघिया पहने एक आदमी छोटी-सी झिलंगी खटोली में करवट लेटा हुआ था। उसके सिरहाने एक हैंडपम्प था जिससे लटकता एक रेडियो अपनी आवाज को पाता-खोता बजे जा रहा था। मड़ई में एक औरत ढिबरी की रोशनी में पहँसुल से तरकारी काट रही थी। उन दोनों के बीच एक बच्चा, जिसकी करधनी में घुँघरू लटक रहा था, प्रफुल्ल चौपाए की तरह आवाजाही कर रहा था। जैसे उस औरत से आँखें मिलना ही संसार का मजेदार आश्चर्य हो। बच्चा औरत के पास जाकर अपनी नन्ही मुट्ठी से उस पर धूल फेंकता, वह देखती तो हर मसूढ़े से हँसता हुआ नाटकीयता के साथ गिर पड़ता। लौटकर आदमी के ऊपर धूल डालता लेकिन कोई प्रतिक्रिया न पाकर वह खटोली की पटिया को झकझोरते हुए जरा देर झूलता और वापस लौट आता।

पता नहीं यह हरियाली से छनकर आती मद्धिम रोशनी की नरमाई थी, तुलसी की उनींदी पत्तियाँ या बच्चे के आसपास उफनती प्रसन्न ऊर्जा, उस अहाते को देखकर गरीबी के गोपनीय सौन्दर्य के बारे में दो-चार बातें करने का मन करता था।

धामा चेरो अपनी उपस्थिति की सूचना देने के लिए 'कोई है तो नहीं' कहकर खँखारता हुआ खटोली पर खाली जगह में बैठ गया और उसे औरत की बगल में रखी मचिया पर आग्रह करके बैठाया। बच्चे के चकित होकर एक जगह रुक जाने से चुप्पी फैलने लगी जिसमें पहँसुल पर बजती चूड़ियों की आवाज सुनाई देने लगी। वह आदमी धामा चेरो को अधिक जगह देने के लिए अपनी खटोली में सिकुड़ गया।

धामा ने नशे में मचलते हुए सिर हिलाकर औरत की ओर इशारा किया, "सर, ठीक है?"

रिपोर्टर चुपचाप औरत के आलता लगे पैरों और बच्चे को देखे जा रहा था जो आँखें फाड़े लगातार दूर खिसकता जा रहा था।

धामा भारी साँस लेकर उठा, झोंपड़ी के भीतर गया और ढिबरी को लाकर औरत के सामने रख दिया। नाक की लौंग चमकने लगी, भरे साँवले गाल दिखने लगे जो रह-रहकर काँप जाते थे। उसने वापस खटोली पर बैठते हुए कहा, "अब देखिए सर।" और निचला होंठ दबाते हुए चिन्तित ढंग से कहा, "चलेगी!"

रिपोर्टर ने पहले ऐसी औरतें देखी थीं लेकिन पहली बार देख रहा था कि वे किसी अजनबी के साथ हमबिस्तर होने के ठीक पहले क्या कर रही होती हैं। इस छोटे से परिवार को देखते हुए उसे वह सादा-सा मनोरम अहाता भयानक लगने लगा। उसके रुख का इन्तजार करते धामा ने खँखारकर गला साफ करते हुए कहा, "अपनी पार्टी के बहुत बड़े नेता हैं। चुनाव के टिकट का हिसाब-किताब देखने दिल्ली से आए हैं। सीमेन्ट फैक्ट्री के गेस्ट हाउस तक जाना पड़ेगा।"

वह चुपचाप अपना काम करती रही।

"कहीं ऐसे इलेक्शन लड़ा जाता है। सेवा करिएगा तब न मेवा मिलेगा।"

इस बीच बच्चा सरकते हुए पास चला आया था। औरत ने उसे दूर हटाते हुए कहा, "इसको कौन देखेगा?"

"सब उसी के लिए तो हो रहा है। थोड़ा त्याग तो करना पड़ेगा।"

"अभी तो खाना भी नहीं बना है। पहले इसको सुलाना होगा।"

"किसी और को बुलाइए, जल्दी कीजिए, हम लोग यहीं बैठे हुए हैं।"

औरत ने हैंडपम्प चलाकर तरकारी धोई। बच्चे को गोद में उठाकर कई बार बेचैनी से बाहर गई और आई। अन्तत: उसने बच्चे को जमीन

पर रखकर, ढिबरी हाथ में लेकर ताना मारते हुए कहा, "नेताजी आप समझते नहीं हैं, आंटी जी आई हुई हैं।"

"धत्तेरे की, पहले न कहना चाहिए था। इतना नखरा क्यों कर रही थी।" दोनों उठकर बाहर निकल गए।

दरवाजे के बाहर टाउन एरिया की सदस्य खड़ी मिल गई। वह इन्तजार ही कर रही थी। उसने नया पान खा लिया था। वह हँसी तो धामा ने कहा, "नेताइन यहाँ तो गड़बड़ हो गया। देखिए, आपके दरबार में कुछ है, दिल्ली से साहेब आए हैं।"

उसने पीठ पर हाथ बाँधकर, धामा के साथ धीरे-धीरे चलते हुए कहा, "नेता, आज चेकपोस्ट पर बहुत माल आया हुआ है। आपने उसका पिहान जितना भारी पिछवाड़ा नापने में बहुत देर लगा दिया। सब लड़कियों को ट्रक वाले लेकर चले गए, इस समय एक भी नहीं बची है।"

राजनीति में आमतौर पर दो तरह की महिलाएँ पाई जाती हैं। एक वे हैं जिनके नाम के तुरन्त बाद कोई न कोई भारी-भरकम केयर ऑफ लगा होता है। ग्राम प्रधान से लेकर संसद तक के ज्यादातर पदों पर वही हैं लेकिन उनकी अपनी कोई पहचान नहीं है। वे किसी न किसी सम्पन्न-प्रभावशाली की पत्नी, भाभी, बिटिया या चाची हैं। उनके लोहे में बेंट किसी और का लगा है। वे विभिन्न आकार-प्रकार की गद्दियों पर रखी किसी पुरुष की खड़ाऊँ से शक्ति पाती हैं। वे राजनीति में अपने लिए नहीं किसी और के लिए होती हैं। उनकी मजबूरी को नारीसुलभ त्याग बताकर फुसलाए रखा जाता है। दूसरी वे हैं जो आगे बढ़ने के लिए किसी न किसी प्रभावशाली की केयर ऑफ होना चाहती हैं लेकिन सिर्फ अपने लिए राजनीति में आती हैं। उनके बीच प्रतिस्पर्धा कितनी तगड़ी होती है इसका अन्दाजा जाड़ों की दोपहर किसी राजनीतिक पार्टी के दफ्तर के लॉन में खड़े होकर लगाया जा सकता है, जहाँ नेताजी लोग गाजर का हलवा, चूड़ामटर,

तिलकुट, कोरमा, नहारी, कबाब [illegible] से घिरे कबूतरों की तरह कटोरदा[illegible] और खिलखिलाहटों [illegible] पता रहता है कि किस नेताजी को उ[illegible] हैं। इन औरतों को [illegible] बगलवाली के कटोरदान को ठेलकर [illegible]या पसंद है और [illegible] आता है। घरों में दमन के माहौल और व्य[illegible]रने के कौशल [illegible] लिए वे अपनी देह को राजनीति की सीढ़ी ब[illegible]सी से [illegible]ने के [illegible] जो बड़े शहरों की राजनीति में बन्द कमरों में हो[illegible]र रहे हैं। [illegible] इलाके के जंगल में खुलेआम हो रहा था। [illegible] इस बड़े [illegible]

ये दोनों औरतें अब प्रतिद्वंद्वी थीं। धामा पहले [illegible] नेता[illegible] अफसरों और पुलिस वालों के पास भेजा करता था। एक [illegible] की सदस्य बनने में कामयाब हो गई थी, दूसरी होना चाहती [illegible] धामा के झाँसों से उसका भरोसा डोल रहा था। रिपोर्टर उनकी [illegible] का शिकार हो गया था। टाउन एरिया वाली नेताइन की दीवार पर एक बहुत पुराना पोस्टर लगा था जिसमें एक किसान नेता के फोटो के नीचे लिखा था—'भारत की तरक्की का रास्ता गाँवों के खेत-खलिहानों से होकर जाता है।' उसने मन ही मन एडिट किया जिससे नारा चुस्त हो गया, 'औरतों की तरक्की का रास्ता देह से होकर जाता है।'

धामा चेरो ने हाथ जोड़कर, अचानक एक अजनबी हँसी हँसते हुए उससे सटकर कहा, "हम समझ गए सर, आप धर्मात्मा आदमी हैं। आपका इस नेतानगरी से कोई लेना-देना नहीं है। चलिए चलकर अब रामलीला देखा जाए।"

नेताइन ने रिपोर्टर से मुखातिब होते हुए धामा चेरो के आगे लगभग आरती की मुद्रा में हाथ घुमाते हुए कहा, "आप तो बमभोला हैं। आपके लिए तो गाय और औरत बराबर है। आपका बस चलता तो हर वोटर को औरत बाँटते। लेकिन...उसने हाथ उठाकर दो उँगलियों के बीच झिरी बनाई...इतनी मिलेंगी कहाँ। भगवान की दया से मिल भी गईं तो उनके

हैं गदर काटने लगेंगी।"

घरों में जो ट हाउस जाना है। बहुत देर हो चुकी है।"

"अं।

रिपोर्टर ने हँसते और उसे अनसुना करते हुए कहा, "होने

धा रुक जाइएगा। वहाँ भी तो जाकर सोना ही है।"

दीजिए तो है, सोया तो कहीं भी जा सकता है, सोचते हुए

चल पड़ा।

9

पलाश और तेंदू के पेड़ों के बीच एक खलिहान में दर्शक चादरों, गमछों में लिपटे बैठे थे। ऊपर एक ओस से भीगी, काफी छोटी, पुरानी चाँदनी थी जो उन्हें छाँव दे पाने में असमर्थ थी। किनारों पर साइकिलों पर टेक लगाए लड़के खड़े थे। हवा में गाँजे की गन्ध थी जो एक पेड़ के नीचे ट्रैक्टर जैसी आवाज करते जर्जर जनरेटर से उठती लग रही थी। मंच पर एक फटा पर्दा तना था जिस पर शहर छपा हुआ था। चौड़ी सड़क के किनारे ऊँची इमारतें, ऊँचे फव्वारे, बसें और रेस्टोरेंट थे जिनके बीच एक लड़का और लड़की हाथ थामे चल रहे थे। सबके ऊपर एक हवाई जहाज उड़ रहा था।

तीन हैलोजन लाइटों के केन्द्र में गुड़हल की दो पतली मालाओं और एक चमकीली पन्नी लिपटे धनुष के सहारे सीता स्वयंवर का दृश्य चल रहा था। हारमोनियम पर बैठे व्यास गलत बोले गए संवादों को अभिनेताओं से भी ऊँची आवाज में ध्वनित उदारता से सुधार रहे थे। परदा राजा जनक के दरबार का वातावरण बनाने या रामलीला को आधुनिक रूप देने के लिए नहीं बल्कि मंच का ठाठ खड़ा करने की जरूरत से लगाया गया था। यह वैसा ही था जैसे नई जरूरतों के दबाव में जंगल में बसे गाँवों की जिन्दगी बेमेल खिचड़ी हुई जा रही थी। यहाँ सब कुछ कामचलाऊ जुगाड़ से चल रहा था।

गाड़ी हिचकोले खाते हुए सीधे मंच के पास जाकर रुकी। चारों तरफ से बच्चे दौड़े, अभिनेता अपनी जगहों पर ठिठक गए और स्वयंवर थोड़ी देर के लिए थम गया। हारमोनियम छोड़कर व्यास धामा चेरो का स्वागत करने के लिए लपके। उसे तुरन्त मंच पर ले जाकर, स्टैंड से माइक निकालकर थमा दिया गया।

वह लाइट से चौंधियाकर थोड़ी देर आँखें झपकाते हुए, हाथ की ओट बनाकर दर्शकों में से कुछ को पहचानने की कोशिश करता रहा। उसने गला साफ करने के बाद एक छोटा-सा भाषण दिया, 'बड़ी खुशहाली की बात है कि इस साल रामलीला हो रही है। बीच में कई साल टूट गई थी। कोई पुछत्तर नहीं था। बड़ा प्रयास करके हम लोगों ने दोबारा चालू करवाया है। लेकिन हम देख रहे हैं स्थिति सही नहीं है। पंडित जी बता रहे हैं, परुसराग मुनि का चोगा फट गया है, लक्ष्मण और भरत दोनों भाइयों के लिए कपड़ा बनवाना जरूरी है। हनुमान जी का गदा पिचुक गया है। कई सरूप तो ऐसे हैं जो पोशाक नहीं होने के कारण मंच पर आते ही नहीं हैं। ऐसा नहीं होना चाहिए। जो लोग रावणी सेना में हैं, उनको कौन साज-बाज की जरूरत है। वो लोग तो जो पहने हैं वही पहनकर बिना शरम के पार्ट खेल सकते हैं। बताया गया है कि और भी कई सामान की जरूरत है ताकि रामलीला को अच्छे से चलाया जा सके। मैं अपनी ओर से रामलीला के हर प्रमुख कलाकार को पाँच सौ रुपया की सहायता दे रहा हूँ। आप जानते हैं कि पिछले चुनाव में हम सिर्फ तीन हजार वोट से पिछड़ गए थे। एक साल में फिर चुनाव होने वाला है। इस बार पार्टी का टिकट मिलेगा और आप लोगों की कृपा से जरूर मिलेगा। किसी विरोधी की चाल नहीं चलने दी जाएगी। आपका आशीर्वाद रहा तो मेला, ठेला, मनोरंजन में किसी चीज की कमी नहीं होने दी जाएगी।'

उसने दर्शकों की तालियों के बीच हाथ जोड़कर मंच का एक चक्कर लगाया। इस बीच मंच के आगे दो कुर्सियाँ लाकर रख दी गई थीं।

साजिन्दे जनरेटर के पीछे से चिलम का दम मारकर वापस अपनी जगह लौट आए थे। स्वयंवर फिर से शुरू हो गया। कुर्सियों पर धामा और उसके मेहमान पत्रकार को बिठाया गया। वे दोनों राजा जनक के दरबार में शिवजी का धनुष तोड़ने की जुगत में लगे विदूषक राजाओं को जनता की अपेक्षानुरूप बनावटी गम्भीरता से देख रहे थे। रिपोर्टर को महसूस हुआ कि उसे गम्भीर होने की जरूरत नहीं है। धामा को चुनाव लड़ने के लिए छवि की चिन्ता होगी लेकिन वह तो बाकी जनता की तरह हँस सकता है। थोड़ी देर पहले उसने अहाते में जो स्वयंवर आयोजित किया था, क्या वहाँ कोई अदृश्य धनुष था जिसे वह तोड़ने में चूक गया था या धामा अपने साथ किसी को भी लेकर जाता तो उस साँवली औरत का रवैया वही होता। तभी मोटरसाइकिल से एक सिपाही प्रधान को खोजता हुआ आया। उसे देखते ही उसने कहा, "आप आराम से बैठकर रामलीला देखिए। किसी चीज की जरूरत हो तो लड़कों से बोल दीजिएगा। मैं एक घंटे में थाने से होकर आ रहा हूँ।"

रिपोर्टर को काफी देर से अपनी कनपटी पर सनसनी महसूस हो रही थी जैसे कोई उसे लगातार ताड़ रहा हो। उसने बेचैनी से घूमकर दर्शकों की ओर देखा। रेडियो वाला बैगा गोद में एक बच्चे को लिये, भीड़ में सरकता हुआ उसकी कुर्सी के पाए के पास आकर बैठ गया। बच्चे ने उसकी तरफ मुट्ठी तानकर उँगलियाँ खोली। बैगा ने कहा, "ए बाबू, सोचे कि इसको रामलीला दिखा दें। पता नहीं कितने दिन जिन्दा रहे!"

"क्यों, अभी तो यह पैदा ही हुआ है।"

"ऊपर की तरफ दाँत आ गया है न। बहुत बड़ा असगुन है," उसने बच्चे का मुँह ऊपर उठाते हुए कहा, "जानते हैं नेताजी थाने क्यों गए हैं। आज बहुत ज्यादा गाय आई है। बड़ा हत्यार है। नदी पार करवाने गया होगा, आप इस बारे में अपने अखबार में क्यों नहीं लिखते हैं?"

वह झेंपना चाहता था। रिपोर्टरों को लम्बे अभ्यास से अपराधबोध को हैरानी में बदलने की महारत हासिल हो जाती है। उसने आँखें फैलाकर कहा, "अच्छा!" और बच्चे को देखकर मुस्कराया, "क्या पता इस शैतान के कारण किसी की जान बच जाए।"

इस बीच विकास आकर धामा की खाली कुर्सी पर बैठ गया। वह बैगा की ओर देखकर हँसा तो उसने चिढ़कर कहा, "गौसेवक नाम तो भरमाने के लिए रखा है। असली काम तो गाय-गोरू को बंगाल पठाने का है।"

बैगा अपनी घुटी हुई साँसों और नाराजगी से धामा के बारे में जो बताना चाह रहा था, वह सामने ही यहाँ-वहाँ बिखरा हुआ था। उसने बच्चे को हथेलियों पर तौलते हुए कहा, "बहुत अब्बर हुई तो भी एक गाय अढ़ाई-तीन कुंटल से कम नहीं पड़ती है और उसका मांस बहुत सस्ते से सस्ते डेढ़ सौ रुपया किलो बिकता है...ए बाबू, जरा सोचिए कितना पैसा आता होगा।"

"तो तुम भी यही करो, सब झंझट खत्म हो जाएगी," उसने पीछा छुड़ाने के लिए कहा।

वह रिपोर्टर की तरफ माड़े वाली आँख उठाकर लाचारी से हँसा, "यही करना होता तो तीन साल से भिखमंगे की तरह एक बैल माँग रहे होते, हम अपने नेमधरम पर ही ठीक हैं।"

धामा काफी देर बाद मोटरसाइकिल से लौटकर आया। रामलीला खत्म होने की ओर थी। कम दर्शक बचे थे और पात्रों की आवाजों में नींद सुनाई दे रही थी। चाँदनी रात ओस से भीगकर गझिन और भारी हो चुकी थी। उसके पीछे लम्बी लाठी लिये एक बूढ़ा बैठा था। दोनों के बीच में, गोल मटमैली टोपी के ऊपर फटा हुआ मफलर बाँधे एक पन्द्रह साल का दुबला-सा पीला लड़का दुबका हुआ था। उसकी भयभीत आँखें जाने कहाँ टँगी हुई थीं, वह सब कुछ देखते हुए भी जैसे कुछ नहीं देख रहा था।

बूढ़े के चेहरे पर कुछ प्रेत जैसा भाव था। गहरी आँखों और घनी मूँछों के नीचे उसके सफेद दाँत देखते हुए अचानक लगने लगता था जैसे खोपड़ी हँस रही है। उसकी हड्डियाँ काफी चौड़ी थीं, वह घुटनों से ऊपर बँधी धोती और झक्क सफेद कुर्ता पहने हुए था। वह करीब आया तो रिपोर्टर उठकर खड़ा हो गया क्योंकि उसे एक अजीब-सी बेचैनी महसूस होने लगी थी।

सर, "ये हमारे कार्यकर्ता हैं। घर के झगड़े में पुलिस ले आई थी। इन्हीं को छुड़ाने गए थे।" वह हँसा, "बताइए, इस उमर में लाठी से दो आदमियों का सिर खोल दिया था।"

रिपोर्टर ने लड़के को देखा जो झुककर जमीन पर कुछ खोजते हुए मिट्टी के ढेले उठा रहा था। बैगा उससे कुछ पूछ रहा था। वहाँ मौजूद लगभग सभी की आँखें उसी एक पर टिक गई थीं। वे उसे हैरानी से पहचानते हुए कानाफूसी करने लगे थे। धामा ने कहा, "सर, गौशाला का नया स्टाफ है। पाँच हजार पर रखा है। यही लाए हैं।"

बैगा ने लड़के से पूछा, "तुम इन ढेलों का क्या करोगे?"

"पेशाब...इस्तिंजा करने के लिए है", लड़के ने हकलाते हुए कहा।

बैगा बूढ़े को घूरते हुए बड़बड़ाने लगा, "अच्छा तो धर्म का पक्का मियाँ खोजकर ले आया है।"

बूढ़ा पेड़ों के बीच चला गया। वह लौटा तो उसके हाथ में किसी झाड़ी की तीन लम्बी टहनियाँ थीं। उसने टहनियों को उमेठकर अपनी लाठी को गाड़ी की छत पर लगेज कैरियर से बाँध दिया। विकास ने उत्सुकता से जाँच कर देखा, लाठी अपनी जगह से हिल नहीं रही थी।

धामा ने पूछा, "नदी में कितना पानी है!"

"यही पोरसा भर होगा। बंधे की गाद भर गई है। इस बार ज्यादा पानी नहीं है", बूढ़े ने कहा।

तभी भीड़ में शोर उठा। बैगा झुककर दोहरे हुए जाते लड़के की

गरदन पकड़कर धक्का देते हुए चिल्ला रहा था, “अरे, भागो ससुर, जल्दी भाग यहाँ से! पैसा के लिए जान देने चले आए हो। कुछ होश है तुमको, कल नहीं तो परसों तक पुर्जा-पुर्जा उधिया जाएगा तुम्हारा!”

लड़का लड़खड़ाकर गिर पड़ा। वह फटी आँखों से बैगा को देखे जा रहा था, उसका एक गाल अनियंत्रित फड़क रहा था। भीड़ मंच के आगे से उठकर लड़के की ओर भागी आ रही थी। बैगा की गोद का बच्चा डर के मारे नीचे लटककर चिंघाड़ते हुए रोने लगा।

विकास ने गाड़ी का पिछला दरवाजा खोला और लपककर बन्दूक निकाल ली। वह बैगा की ओर मुड़ा तो धामा ने उसे डपटते हुए बन्दूक वापस रखकर जल्दी चलने का इशारा किया। उसने बाँह पकड़कर लड़के को खड़ा किया और गुस्से से बैगा को घूरते हुए कहा, “तो आप मानेंगे नहीं...बहुत नशा हो गया है।”

बैगा भीड़ की ओर मुँह करके चिल्ला रहा था, ‘गाय-गोरू तक तो ठीक था लेकिन अब आदमी का बच्चा हतोगे तो कैसे बरदाश्त होगा। कौन कहेगा कि ये ठीक काम है। कह दे कोई। हमारे रहते ये नहीं होने पाएगा। विपत तो यह है कि तीन साल हो गया तुम्हारे डर के मारे कोई नशा नहीं होने पाया। कितने हाथ-गोड़ हैं तुम्हारे, लगता है तुम्हीं खोपड़ी में नाच रहे हो। सोचो, कितना महुवा बर्बाद हुआ होगा, कितना गाँजा फुँकाया होगा लेकिन कभी मन पर कुछ चढ़ता ही नहीं। आज अगड़धत्त चढ़ा है।’

रिपोर्टर और बूढ़ा पहले ही बैठ चुके थे। धामा भी लड़के की बाँह थामे हुए गाड़ी में बैठ गया। उसकी काँपती मुट्ठी में इस्तिंजा के ढेले पिसकर मिट्टी हुए जा रहे थे। भीड़ के शोर को इंजन की आवाज से दबाती गाड़ी झटके से आगे बढ़ गई।

रिपोर्टर को सिहरन हो रही थी जैसे फंदे में आ फँसे किसी जंगली जानवर को गाड़ी में लादा गया हो और उसकी वहीं बलि दी जाने

वाली हो। विकास भी बैगा के चिल्लाने के पीछे अचानक भीड़ के झपट पड़ने से हड़बड़ा गया था जिसका अन्दाजा उसकी भारी साँसों से हो रहा था। कुछ दूर चलने के बाद गाड़ी चकरोड काटकर बनाई गई एक नाली में उछली। आगे बैठा बूढ़ा डैशबोर्ड पर गिर पड़ा। उसका सिर हल्के से शीशे से जा टकराया था। विकास ने गाड़ी रोक दी ताकि वह सीधा हो सके।

बूढ़े ने सीट पर पैर रखकर देखा, घुटना फूट जाने से खून बह रहा था। वह थोड़ी देर बहते खून को देखता रहा फिर जीभ से सपड़-सपड़ करते हुए चाटने लगा। उसकी गहरी आँखें चाँदनी में टिमटिमा रही थीं, चेहरे पर खोपड़ी जैसी हँसी खिल गई थी।

इसी बीच धामा के बगल में बैठा लड़का दरवाजा खोलकर भाग निकला था। उसकी तरफ सबका ध्यान तब गया, जब धामा ने चिल्लाकर विकास से उसे पकड़ने को कहा लेकिन तब तक देर हो चुकी थी। वह चाँदनी रात में सरपत के बीच खरगोश की तरह लड़खड़ाता, उछलता दिखाई दे रहा था। सीट पर एक मुट्ठी धूल बची थी। उसके पीछे भौंकते कुत्तों के साथ दौड़ती, रामलीला के दर्शकों की एक छोटी-सी भीड़ 'भाग, पट्ठे भाग' चिल्ला रही थी।

धामा अपने गुस्से को छिपाकर अचानक संयत हो गया। उसने कपट की अधिकता से हल्की हो गई आवाज में कहा, "देख रहे हैं सर...आप भी देखते जाइए। याद करिएगा...लोग पाँच हजार की सैलरी पर रखे गए आदमी को भी बहका दे रहे हैं और कहेंगे कि बेरोजगारी है।"

रिपोर्टर ठठाकर हँसना चाहता था लेकिन सख्ती से मुँह बन्द किए हुए बैठा रहा। यह सख्ती उसके व्यक्तित्व में जाने कब से समाई हुई थी जिससे उसकी नौकरी और जिन्दगी चल रही थी। उसने लौटकर उसी सख्ती से नदी के पानी का रंग लिखा, सूखते आम के पेड़ों

का दुख लिखा लेकिन कभी इस घटना और धामा चेरो के असली कारोबार का जिक्र नहीं किया क्योंकि वह अब इस जंगली इलाके में उसके लिए खबरों का स्रोत और गर्व करने लायक हर तरह से सम्पन्न सेवक था।

थोड़ी देर में भोर होने वाली थी। बाँसों के झुरमुट और काफी बड़े सहन के बाद धामा चेरो का बारह खम्भों के ओसारे वाला सफेद घर रहस्यमय लग रहा था। शायद दीवारों पर ताजा चूना किया गया था। एक पम्पिंग सेट था जिसके पास ट्रैक्टर, एक कार और दर्जन भर मोटरसाइकिलें खड़ी थीं। सहन में पाँच भैंसें और दो ऊँचे बैल बँधे थे जिन्हें ओस से बचाने के लिए पीठ पर बोरे डाले गए थे। किसी विदेशी नस्ल का एक ऊँचा भारी कुत्ता था जो किसी बुजुर्ग की तरह एक बार उठकर खाँसा और अन्यमनस्क भाव से चलते हुए दूर जाकर बैठ गया।

बूढ़े के करीब पहुँचते ही जानवर भयभीत होकर फुफकारने और खूँटे से बँधी रस्सियाँ तुड़ाने लगे। हवा भारी हो गई। बूढ़े ने उनकी ओर बढ़कर पैर पटका और तेजी से बढ़कर ओसारे के किनारे की एक कोठरी के दरवाजे की साँकल उतार दी।

धामा ने टॉर्च जलाई तो रोशनी के घेरे में आई चीजें चमकने लगीं। वहाँ पुराने पोस्टरों के बंडल, तुड़े-मुड़े बैनरों के ढेर, सैकड़ों की संख्या में धनुष, तीर और चमकीली पन्नियाँ लगे तरकश, गाड़ी की बैटरियाँ, टायर, साइनबोर्ड, खाली बोतलें, फावड़ा और कई तरह के रिंच-पिलास फैले हुए थे। बूढ़े ने लम्बी बाँहों में भरकर कई बोझ धनुष एक तरफ फेंके जिनकी खड़खड़ाहट से लम्बी दलान देर तक गूँजती रही। नीचे विभिन्न आकार-प्रकार की सींगें थीं, धूल में लिथड़े नकली बालों के

गुच्छे थे। उसने छाँटकर सींगों का एक ढेर लगाया। बालों के गुच्छों को सतर्कता से झाड़कर साफ किया। इन सबको एक बोरे में भरा और सिर पर लादकर बाँस के झुरमुट से होता हुआ जंगल की ओर जाते रास्ते पर गायब हो गया।

पेड़ों के नीचे चाँदनी में उसकी लुकती-छिपती पीठ को देखते हुए धामा ने कहा, "ऐसे कलाकार अब नहीं मिलते।"

बूढ़ा वाकई बीते जमाने का एक दक्ष और क्रूर कलाकार था। वह गाय, बैल और भैंस की शक्ल बदलने का माहिर मेकअप-मैन था। वह सींगों को छोटा-बड़ा करके, उनका हुलिया ऐसा बदल देता था कि उन्हें बरसों तक पालने वाला आदमी भी धोखा खा जाता था। थन फुलाकर बकेन गायों को दुधारू बनाना, कानों का आकार और आँखों का रंग बदलना, कुछ ही घंटों में उन्हें चाटने या मारने की नई आदतें लगा देना उसके लिए बाएँ हाथ का काम था।

वह ठसाठस भरे ट्रक में गाय-बैलों को लगभग सुन्न करके कई दिनों तक चुपचाप खड़ा रख सकता था। वह उनके थूथन को सल्फ्यूरिक एसिड से जला देता था, नाजुक अंगों में मिर्च की बुकनी झोंककर बिलकुल अनुशासित रखता था। वह मनुष्य और जानवर के बीच की कोई रहस्यमय पुरातन प्रजाति था जिसका इस कारोबार में बहुत सम्मान था।

धामा का मकान एक बहुउद्देशीय इमारत था, इस समय जिसके कमरों में कई किस्मों के लोग सोए हुए थे। उनकी साँसें और खर्राटे सुनाई दे रहे थे।

असली घर तो अन्दर एक आँगन से लगा हुआ था तीन-चार कमरों का हिस्सा था। दोनों के पहुँचने पर उसकी पत्नी बरामदे में रखी डाइनिंग टेबल पर एक शीशे का जग और दो गिलास रख गई। धामा ने मेज पर रखी महँगी व्हिस्की की बोतल से पैग बनाए। उसकी पत्नी भीतर से लाई गई, चमाचम क्राकरी में भुने हुए काजू, पिस्ते, नमकीन और तली

मछली के टुकड़े रखती जा रही थी। रिपोर्टर ने गिलास उठाते हुए प्रशंसा से कहा, "आपका रहन-सहन तो बहुत अच्छा है।"

धामा को जैसे चोट लगी हो। उसने बच्चे की तरह चाँदनी में हाथ फैलाकर शिकायत से कहा, "च्च! जंगल में मोर नाचा किसने देखा!"

✪✪✪